Bibliografische Information der Deutschen Nationalbibliothek:
Die Deutsche Nationalbibliothek verzeichnet diese Publikation in der Deutschen National-bibliografie
Detaillierte bibliografische Daten sind im Internet über dnb.d-nb.de abrufbar.

TWENTYSIX – Der Self-Publishing Verlag
Eine Kooperation der Verlagsgruppe Random House und BoD – Books on Demand

Herstellung und Verlag:
BoD – Books on Demand, Norderstedt

© 2019 Diana Bayer

ISBN: 9783740751807

Inhalt

Ein Teddybär auf Reisen.............. 7

Ein außergewöhnlicher Chor...... 12

Die Kraft der Liebe....................... 18

Irrläufer ins Weihnachtsglück..... 23

Liebe deinen Nächsten................ 28

Jedem sein Tierchen.................... 34

Den Sternen so nah...................... 39

Das Findelkind.............................. 45

Luftpost... 49

Die vergessenen Väter................ 53

Sprache der Leidenschaft............ 57

Der Mann mit dem Hut................ 61

Der Krankenhaus-Clown.............. 66

Der himmlische Geiger................ 71

Niemand sollte allein sein........... 74

Ein Teddybär auf Reisen

Wieder war ein Jahr vergangen, die Adventszeit ging zu Ende, Weihnachten stand vor der Tür. Es herrschte wie jedes Jahr geschäftiges Treiben – die letzten Geschenke wurden besorgt und allerlei Köstliches für den Festtagstisch.

Die Autobahnen waren voll von Menschen, die die Weihnachtsfeiertage und den Jahreswechsel bei Verwandten, Bekannten verbringen wollten, die sie das ganze Jahr über selten gesehen hatten. So auch Familie Martin, die zu viert in ihrem Kombi saß – Vater Fred, Mutter Magdalena, Tochter Lina (12 Jahre alt) und Sohn Henrik (4 Jahre alt).

Da sie gerade im Stau standen und ein Ende nicht abzusehen war, versuchte sich jeder die Zeit zu vertreiben. Die Eltern unterhielten sich über Sachen, die für die Kids völlig uninteressant waren. Lina hatte Kopfhörer im Ohr, hörte ihre Lieblingsband, wippte mit dem Fuß im Takt und dachte schmachtend an Kevin aus ihrer Klasse, den sie so toll fand. So war Henrik auf sich selbst gestellt und überlegte, was er machen könnte. Er schaute seinen Lieblingsteddy Bodo an und murmelte: „Bodo, wir kucken uns jetzt mal die Leute da draußen an…"

Er ließ die Scheibe herunter und hielt Bodo nach draußen und wollte ihm gerade alles erklären, als der Vater plötzlich losfuhr.

Der Stau löste sich genauso schnell auf, wie er gekommen war. Henrik ließ vor Schreck seinen Teddy fallen, der nun draußen auf der Autobahn lag – auf dem Standstreifen zwar – aber eben draußen.

Bevor Henrik den ersten Schock überwunden hatte und jämmerlich zu weinen begann, war der Vater schon ein ganzes Stück gefahren. Die Mutter drehte sich erschrocken zu Henrik um und fragte, was denn los sei. Schluchzend erzählte Henrik von Bodo, den er verloren hatte. „Oh nein!" sagte Mutter. Vater sah sie fragend an und sie erzählte ihm, was passiert war. Auch Vater sagte: „Oh nein!" Beide wussten, dass der Verlust von Bodo einem Weltuntergang gleich kam – zumindest für Henrik. Dieser weinte immer noch herzzerreißend und Lina versuchte, ihn zu beruhigen, was jedoch scheiterte.

Fieberhaft überlegten die Eltern, was nun zu tun sei. Auf der Autobahn wenden, ging nicht. Herunterfahren und zurück fahren, brachte auch nichts, da sie nicht ohne weiteres zu der Stelle, wo Bodo lag, gelangen konnten. So versuchten Mutter und Vater Klein-Henrik schonend mitzuteilen, dass Bodo verloren war. Mutter sagte: „Henrik, der Weihnachtsmann bringt dir bestimmt einen neuen Bären, der genauso schön ist wie Bodo....." Weiter kam Mutter nicht, da Henrik weiter herzzerreißend weinte und dabei immer lauter wurde.

Lina wollte sich die Ohren zu halten, aber sie wusste, dass ihr dies in der angespannten Situation Minuspunkte von den Eltern einbrachte und ließ es sein.

Vater und Mutter fuhren schweigend mit betroffenen Gesichtern bis zur nächsten Abfahrt – immer noch keine brauchbare Lösung zur Hand. Sie fuhren ab und hielten an der nächstbesten Stelle. Sie diskutierten aufgeregt weiter. Plötzlich kam Lina eine Idee. Sie sagte: „Vor kurzem hat eine Frau über das Radio jemanden gesucht, vielleicht können wir so auch nach Bodo suchen...." Die Eltern dachten nicht lange nach, griffen nach diesem Strohhalm und der Vater rief gleich die Vekehrshotline des Senders an. Die Dame am anderen Ende staunte nicht schlecht, als er ihr sein Anliegen schilderte. Sie schwieg zunächst und sagte dann: "Warten Sie kurz...". Dann wurde der Vater auf die Warteschleife gelegt und er befürchtete schon, dass sein Anruf im Nirwana verschwunden war, als die Dame vom Radio wieder mit ihm sprach. Sie sagte: „Wir machen einen Aufruf übers Radio, vielleicht findet jemand den Teddy. Bitte sagen Sie mir, wo Sie ihn verloren haben und wo wir Sie erreichen können, wenn sich jemand meldet."

Bereits kurze Zeit später unterbrach der Moderator das laufende Programm mit folgender Meldung: „Meine lieben Hörer, wir unterbrechen das Programm für eine wichtige Durchsage.

Der kleine 4-jährige Henrik hat vor einer halben Stunde auf der A93 in Richtung Regensburg kurz vor Regensburg seinen Lieblingsteddy Bodo verloren und ist jetzt ganz traurig und verzweifelt. Bodo ist ca. 30 cm lang, hellbraun, mit schwarzen Knopfaugen, hat eine blaue Mütze auf und einen blauen Schal um den Hals. Besonderes Merkmal: ganz besonders niedlich. Bitte halten Sie die Augen auf und rufen Sie uns bitte an, wenn Sie Bodo sehen oder etwas wissen. Die Telefonhotline ist 0800665112 Vielen Dank" Mehr konnten die Eltern nicht tun und da sie nicht wussten, ob und wann Bodo gefunden würde, fuhren sie wie geplant weiter.

Zur gleichen Zeit stand ein Auto auf dem Standstreifen und qualmte unnatürlich unter der Motorhaube. Der Fahrer – ein junger Mann im Schlabberlook mit Rasta Zöpfen – stand fluchend und „alte Schweinemöhre" schimpfend hinter der Leitplanke, wo er auf den Abschleppdienst wartete. Plötzlich blieb sein Blick an einem braunen Bündel, welches unmittelbar vor seinem Auto lag, hängen. Er ging dahin und hob einen hellbraunen Teddy auf, dessen blaue Mütze ganz schief auf dem Kopf saß. Tim, der junge Mann, putzte den Dreck von dem Bären und sagte leise vor sich hin: „Wie kommst du denn hierher, hmm?!" Als er noch über eine Antwort nachdachte, kam der Abschleppwagen gefahren. Der Fahrer stieg aus, sah den Bär und sagte: „Das ist bestimmt der Teddy von dem kleinen Henrik – kam vorhin im Radio." Der Fahrer erzählte Tim von dem Anruf.

Stunden später traf Familie Martin bei den Großeltern ein. Henrik war vor Erschöpfung eingeschlafen und wurde bei den Großeltern gleich wieder ins Bett gelegt. Henriks Eltern erzählten, was passiert war. Auch am nächsten Tag war der Verlust von Bodo das wichtigste Thema in der Familie und alle wussten, dass es ein recht trauriges Weihnachten werden würde, wenn Henrik seinen Bodo nicht wieder bekam. Plötzlich klingelte es an der Haustür. Davor stand ein Fahrer eines Express-Dienstes mit einem Karton. Verwundert nahmen die Großeltern das Paket entgegen. Oben auf lag eine Weihnachtskarte, auf der stand: `Lieber Henrik, Bodo hatte Sehnsucht nach Dir. Halte ihn immer gut fest. Liebe Grüße Tim`

Aufgeregt riefen die Großeltern nach Henrik. Der packte den Karton ganz aus und jubelte, als er Bodo sah. Er nahm ihn in die Arme und drückte ihn ganz fest an sich und rief: „Mein Bodo ist wieder da!" Sein breites Lachen erwärmte die Herzen aller Familienmitglieder. Weihnachten war gerettet. Der Radiomoderator unterbrach noch einmal das laufende Programm und sagte: „Meine lieben Hörer, wir hatten gestern von dem kleinen Henrik und seinem Teddy Bodo erzählt. Ich kann Euch freudig mitteilen, dass Bodo gefunden wurde und bereits schon wieder bei Henrik ist. Ihr wisst ja, zur Weihnachtszeit geschehen manchmal kleine Wunder. In diesem Sinne wünsche ich Henrik und seiner Familie, dem ehrlichen Finder und Euch allen eine schöne Weihnacht!"

****

Ein außergewöhnlicher Chor

Hannes war von Beruf Sozialpädagoge und außerdem sehr musikalisch. Er spielte mehrere Instrumente und leitete einen Kinderchor. Zu seinen beruflichen Aufgaben gehörte unter anderem, nach obdachlosen Menschen zu schauen und Gespräche anzubieten und zu helfen, wenn sie es wünschten. Er kannte die meisten Obdachlosen in seinem Viertel und wusste auch, wo sie zu finden waren. So suchte er sie auf, um ihnen heute einen ungewöhnlichen Vorschlag zu machen. Es ärgerte ihn, dass einige Menschen, denen es materiell gut ging, die Obdachlosen als nutzlose Menschen ansahen und sie wegen ihrer Lebenssituation von oben herab betrachteten und er wollte beweisen, dass die Obdachlosen durchaus etwas leisten konnten, wenn man ihnen eine Chance gab und an sie glaubte.

Er traf Kurt, ein Mittfünfziger, der schon seit einigen Jahren auf der Straße lebte. Kurt hatte durch einen Schicksalsschlag seine Familie verloren und hatte sich davon bisher nicht erholt. Er hatte nicht mehr die Kraft und den Willen, in der „normalen" Gesellschaft zu funktionieren und zog es vor, auf der Straße zu leben und frei zu sein. Er hatte sich mit der Situation arrangiert und hatte durchaus Momente, in denen er sich freute und trotz allem froh war, am Leben zu sein.

Und durch Menschen wie Hannes war es etwas leichter, das harte Leben auf der Straße zu meistern. „Hallo Kurt", sagte Hannes und Kurt freute sich offensichtlich, Hannes zu sehen und rief: „Hallo Hannes altes Haus!" Hannes und Kurt umarmten sich. Hannes fragte: „Wie geht es dir heute Kurt? Brauchst du etwas?" Kurt dachte kurz nach und erwiderte: „Passt soweit. Im Moment bräuchte ich eine wärmere Unterwäsche, wird kühl jetzt." Hannes nickte und sagte: „Geht in Ordnung Kurt, ich bringe dir aus der Wäschekammer was mit. Deine Größe weiß ich." Kurt freute sich und dankte Hannes. Dann sprach Hannes weiter: „Du Kurt, ich habe heute auch noch eine Bitte an dich." Kurt schaute überrascht und wartete gespannt, was Hannes nun sagen würde. „Ich habe mir überlegt, dass ich mit dir und den anderen aus dem Viertel gerne einen Chor gründen würde. So könnt ihr als Gruppe was zusammen machen und seid eine Zeitlang von der Straße weg. Und ich denke, ihr werdet auch Spaß haben beim Singen. Was denkst du?" Kurt schaute sehr verblüfft drein: „Du willst mit uns Straßenräubern echt singen?!? Das willst du dir antun?" Hannes musste lächeln über den ungläubigen Blick von Kurt und sagte: „Ja, das möchte ich und ich bin mir sicher, dass es gut wird bei entsprechender Übung." Kurt dachte nach und strich sich dabei über den Bart: „Ja wenn du meinst, dann versuchen wir es halt." Hannes freute sich, klopfte Kurt auf die Schulter und meinte: „Kommst du mit zu den anderen? Ich brauche ein bisschen Unterstützung, um die anderen zu überzeugen." Kurt grinste: „Klaro, ich helfe dir."

Und so suchten sie die anderen Obdachlosen auf und präsentierten den Vorschlag, der von den meisten mit leicht geschockter Reaktion aufgenommen aber letztendlich gut geheißen wurde. Die Obdachlosen schätzten Hannes sehr und wollten ihn nicht enttäuschen. So stand die erste Chorprobe an. Es fanden sich zehn Obdachlose ein – vier Männer und sechs Frauen. Hannes ließ sie zunächst etwas Kurzes vorsingen, um festzustellen, wer in welcher Tonlage zu Hause war. Da die Laiensänger ungeübte Stimmen hatten, klang das doch eher wie Gejaule, aber davon ließ sich Hannes nicht abschrecken. War alles eine Sache der Übung. Die erste Chorprobe diente mehr dazu, die Gruppe zu harmonisieren und zu motivieren und reichlich Aufwärmübungen zu machen. Die angehenden Sänger kannten sich zwar flüchtig von der Straße und den Essensausgaben, aber waren selten befreundet oder vertraut. Die Gruppe musste sich erst zusammenraufen, um wirklich eine Choreinheit zu werden. Der eine oder andere war nicht sonderlich geduldig und so kam es vor, dass man sich ab und zu anzickte. Es war für alle Beteiligten eine ungewohnte Situation und Hannes atmete öfters tief durch, um nicht laut zu werden. Nach der ersten Probe gingen alle eher frustriert auseinander und Hannes war sich nicht mehr so ganz sicher, ob das funktionieren würde und ob sie überhaupt zur nächsten Probe kommen würden. Eine Woche später saß er allein im Gemeinschaftsraum und es war noch keiner von den Obdachlosen gekommen.

Mit jeder Minute, die verstrich, sank seine Stimmung und er war traurig, dass es scheinbar schon zu Ende war, bevor es überhaupt angefangen hatte. Plötzlich ging die Tür auf und die zehn Straßenmusikanten kamen schwatzend herein – vorneweg Kurt, der Hannes angrinste und sagte: „So hier sind wir Katastrophensänger. Dann mal los." Hannes lächelte erleichtert, öffnete seine Tasche und holte einen Stapel Liedtexte heraus und verteilte sie mit den Worten: „So meine Damen und Herren, ich bitte um Aufstellung wie letzte Woche besprochen und dann geht's mit dem Einsingen los. Danach wagen wir uns an das erste Lied und schauen mal, wie es läuft." Die Menschen schienen sehr motiviert zu sein, was Hannes vermutlich Kurt zu verdanken hatte. Die Probe verlief für das zweite Mal recht gut und Hannes bekam schon einen Eindruck davon, welches Potential in den Leuten steckte. Sie hatten offensichtlich Spaß daran und der eine oder andere blühte auf beim Singen.

Als Hannes nach einigen Wochen den Eindruck hatte, dass seine Chorgruppe nun gut harmonierte und die Gesänge dem Zuhörer nicht mehr Ohrenschmerzen bereiteten, wollte er mit ihnen vor Publikum auftreten. Es war mittlerweile Vorweihnachtszeit und er studierte nun bekannte Weihnachtslieder mit ihnen ein. Die Sänger waren zwar aufgeregt und unsicher, dass sie nun vor anderen Leuten singen sollten, aber waren einverstanden. Hannes schaffte es, bei der Stadtverwaltung Gehör für sein Anliegen und sogar einen finanziellen Zuschuss zu bekommen und so organisierte er mit den Chormitgliedern ein Vorweihnachtsfest, bei dem sie dann das erste Mal auftreten sollten. Sogar seine Chorkids und junge Mädchen aus einer betreuten Wohngruppe fanden die Idee toll und halfen bei der Organisation mit. Sie backten Kuchen und richteten ein Buffet her und dekorierten den Saal. Es machte so viel Freude, das Fest gemeinsam vorzubereiten. Hannes war sehr berührt.

Dann war der Tag des Festes gekommen und die Chormitglieder hatten sich so gut es ging festlich gekleidet. Es war letztendlich eine kunterbunte Truppe, aber das war ok und stimmig. Man hatte vereinbart, dass der Chor „Die Straßenmusikanten" heißen sollte. Fast alle Stühle im Saal waren besetzt und erwartungsvolle Gesichter schauten nach vorn. Auch von der Stadtverwaltung war jemand da und ein Fotograf. Hannes bat „Die Straßenmusikanten" mit einer Geste von der Seite nach vorn und die Sänger stellten sich auf. Sie waren alle sehr aufgeregt und es war gut, dass sie eine Mappe mit den Liedtexten in der Hand hatten, sonst hätten sie wohl nicht gewusst, wohin mit den Händen.

Hannes war natürlich auch aufgeregt und hatte rote Wangen, die aber gut zum Anlass passten. Hannes hob die Arme zum Dirigieren und dann folgte eine Aneinanderreihung allseits bekannter Weihnachtslieder. Die Aufregung bei den Sängern legte sich und so wurde es ein schönes harmonisches stimmiges Konzert, was sich hören lassen konnte.

Das Publikum wurde mit jedem Lied wärmer und als zum Abschluss „Stille Nacht Heilige Nacht" gesungen wurde, sangen fast alle mit. Es klang wunderbar und die Stimmung war sehr festlich und schön. Als die letzten Töne verklungen waren, brauste Beifall auf und „Die Straßenmusikanten" verbeugten sich mehrmals und waren sehr berührt von der Anerkennung. Die meisten hatten Tränen in den Augen. Auch Hannes wischte sich über die Augen und war unendlich stolz und bewegt über den Erfolg des Projektes. Er hatte gehofft, dass es gelingt, hätte aber nie im Leben mit so einem Erfolg gerechnet. Auch die Presse schrieb einen Artikel über das Konzert und lobte den Laienchor in den höchsten Tönen.

Der Chor existierte weiter und es kamen weitere Sänger hinzu – nicht nur Obdachlose – also eine gelungene „Integration", von der alle Beteiligten profitierten.

Es wurde zur Tradition, dass der Chor alljährlich nicht nur ein Weihnachtskonzert im Saal gab, sondern auch auf der Straße bei der Brücke sang für die obdachlosen und nicht obdachlosen Menschen, die nicht im Saal dabei waren, denn Musik ist für alle da.

****

Die Kraft der Liebe

Manchmal gab es im Leben Begegnungen zwischen Menschen, die eine unglaublich positive Veränderung im Leben jener Menschen mit sich brachten. Man fragte sich, ob nicht das Aufeinandertreffen genau dieser beiden Menschen vorbestimmt war....

Von so einer Begegnung erzählte folgende Geschichte:

Hanna war eine Frau, die vom Leben nicht nur beschenkt wurde, sondern der auch viel genommen wurde. Durch einen Unfall verlor sie ihr Kind und ihr Ehemann verstarb ebenfalls sehr früh, so dass Hanna schon seit Jahren Witwe war und allein lebte. Es war erstaunlich, dass Hanna nach all dem, was sie durchgemacht hatte, lebensfroh blieb und nicht verbittert war. Dafür verdiente sie Bewunderung und Respekt. Es zeigte wahre menschliche Größe. Als Außenstehender mochte man meinen, dass Hanna genug Schicksalsschläge erlitten hatte. Doch noch eine weitere Hürde hatte sie auf ihrem Lebensweg zu bewältigen.

Bei einer Routineuntersuchung teilte ihr der Gynäkologe mit, dass er bei einer Mammographie einen Knoten in der Brust entdeckt hatte und sofort eine Operation vorgenommen werden musste. Dies geschah kurze Zeit darauf. Hanna hatte kaum Zeit, die Nachricht zu verkraften.

Es stellte sich außerdem heraus, dass nicht nur ein bösartiger Tumor in der Brust war, sondern auch schon die Lymphbahnen befallen waren, was die Gefahr, dass der Tumor gestreut hatte, in sich barg. Diese Hiobsbotschaft erhielt sie dann auch noch von ihrem Arzt, der ihr mitteilte, dass man Tochtergeschwüre in der Lunge gefunden hatte und man auch davon ausgehen musste, dass noch weitere Körperteile befallen waren. Sie erhielt starke Bestrahlungen an der operierten Stelle und eine Chemotherapie, um die Tochtergeschwüre zu bekämpfen. Hanna fühlte sich seelisch und körperlich erschöpft. Die Chemotherapie setzte ihr stark zu und sie hatte Angst vor dem Tod, der in greifbare Nähe rückte. Ihre Prognose war nicht gut.

Nachdem die erste Chemotherapie beendet war, erhielt sie einen Kurplatz, um sich von den Strapazen der Behandlung zu erholen, bevor eine weitere Chemotherapie durchgeführt werden sollte. Der Kurort lag in einer wunderschönen waldreichen Gegend. Das Kurhaus war sehr gemütlich eingerichtet. Sie hatte ein Einzelzimmer mit einem schönen Ausblick. Dies tröstete sie etwas, doch sie hatte keinen Mut mehr, gegen ihre Krankheit anzukämpfen. Sie wusste nicht, für wen oder was sie noch kämpfen sollte. So schleppte sie sich von Tag zu Tag, machte alles mit, was man von ihr verlangte, ohne wirklich Freude daran zu haben oder zu wissen wofür.

Eines Morgens, als sie allein am Frühstückstisch saß, sprach sie ein Mann in ungefähr demselben Alter wie sie an.

Er fragte, ob er sich zu ihr setzen dürfte, da er auch allein zur Kur wäre und ungern alleine sitzen mochte. Hanna wollte eigentlich ablehnen, aber aus Höflichkeit und weil er sie so treuherzig anschaute, stimmte sie zu. Er stellte sich als Heinz B. vor und begann recht fröhlich und ungeniert auf Hanna einzuplappern, was ihr schrecklich auf die Nerven ging. Sie wollte ihre Ruhe haben und sich in ihr Schneckenhaus zurückziehen. Doch das kümmerte Heinz nicht. Er hatte an Hanna einen Narren gefressen und wich ab dem Tag nicht mehr von ihrer Seite. Er begleitete sie zu den Mahlzeiten, ging mit ihr im Kurpark spazieren, schleppte sie zu diversen Kurveranstaltungen. Ohne dass es Hanna bemerkte, zog Heinz sie ins Leben zurück und Hanna genoss es von Tag zu Tag mehr. Sie fühlte sich stark, lachte viel und bekam wieder eine Ahnung davon, wie schön das Leben sein konnte. Sie erfuhr von Heinz, dass er seine Frau schon vor Jahren verloren hatte und zur Kur war, da er einen bösartigen Tumor am Darm hatte. Er hatte Glück im Unglück. Der Tumor konnte gut operativ entfernt werden und es gab keine Tochtergeschwüre. Er würde wieder gesund werden, wofür er sehr dankbar war. Hanna erzählte Heinz ihre Krankheitsgeschichte. Nachdem sie geendet hatte, schaute Heinz sie mitfühlend an, nahm ihre Hand und sagte mit Nachdruck: „Hanna, auch wenn es im Moment nicht gut aussieht, darfst Du Dich nicht aufgeben. Du musst leben wollen. Nur wenn Deine Seele stark ist, kann Dein Körper gegen die Krankheit ankämpfen!" Hanna schaute Heinz mit großen staunenden Augen an.

Sie hatte noch nie erlebt, dass ein Mann so gut zu ihr sprach und ihr so viel Mut machte. Auch wenn sie ihn nach der Kur nicht wiedersehen würde, hatte er ihren Kampfgeist geweckt. Es gab trotz allem einen Grund weiter zu leben und das wollte sie tun.

Die Kurzeit von Hanna war vorbei und der Abschied zwischen Hanna und Heinz stand bevor. Heinz blieb noch eine Woche. Heinz brachte Hanna zum Bahnhof. Hanna hatte einen dicken Kloß im Hals und brachte kein Wort heraus. Sie kämpfte mit den Tränen. Sie würde diesen wunderbaren Menschen, der ihr die Lebensfreude wiedergegeben hatte, nicht wiedersehen und fuhr in ihre Einsamkeit zurück. Die Vorstellung grauste ihr.

Heinz nahm ihre Hände, sah Hanna liebevoll an und sagte: „Bis bald Hanna." Hanna glaubte, sich verhört zu haben. „Wie – bis bald?!" fragte sie nach. Heinz schmunzelte und erwiderte: „Hanna, glaubst du ernsthaft, dass ich dich wieder aus meinem Leben lasse?! Ich war seit dem Tod meiner Frau nicht mehr so glücklich wie in deiner Gegenwart!" Und etwas bang fragte Heinz: „Möchtest du mich denn auch wiedersehen?" Hanna durchströmte ein warmes Gefühl und sie strahlte über das ganze Gesicht, als sie antwortete: „Sehr gerne Heinz, ich würde mich sehr freuen!"

Zu Hause stand kurz darauf der nächste Arzttermin an. Nach der Untersuchung bat der Arzt Hanna um ein Gespräch.

Sie betrat mit flauem Gefühl im Magen das Besprechungszimmer in Erwartung der nächsten Hiobsbotschaft. Der Arzt lächelte sie zufrieden an und meinte: „Frau H., was bitte haben Sie getan in den letzten Wochen? Ihre Prognose hat sich von schlecht zu sehr gut gewandelt. Wir konnten bei der jetzigen Untersuchung keine Metastasen mehr finden und der Haupttumor ist auch nicht nachgewachsen. Wenn sich in den nächsten fünf Jahren daran nichts ändert, kann ich sie für gesund erklären. Ich habe in meiner gesamten beruflichen Laufbahn eine solche Spontanheilung noch nicht erlebt. Jetzt weiß ich, dass es so etwas tatsächlich gibt." Wissend lächelte Hanna den Arzt an und antwortete: „Fragen Sie nicht, was ich getan habe. Fragen Sie, was die Liebe getan hat...."

****

Irrläufer ins Weihnachtsglück

Mutter Sabine, Vater Jochen und die Kinder Martin, Sarah und Amelie saßen in der Vorweihnachtszeit in der Küche beim Frühstück. Obwohl es draußen leicht schneite alles weihnachtlich geschmückt war und in 1 Woche Weihnachten war, kam bei ihnen keine rechte Weihnachtsstimmung auf.

Die Eltern hatten große Sorgen und Nöte und das konnten sie auch vor den Kindern nicht verbergen. Vater Jochen hatte vor 2 Jahren einen schweren Verkehrsunfall und war seit dem teilweise gehbehindert – ein irreparabler Schaden, durch den er seinen Job als Berufskraftfahrer aufgeben musste, da er so lange Fahrten nicht mehr schaffte. Bisher ergab sich keine passende Umschulung zu einem Beruf, in dem er nun noch arbeiten konnte und wollte. Er war leidenschaftlicher Brummifahrer gewesen und fühlte sich als Kapitän der Landstraße. Es schmerzte ihn noch immer, dass dies nun vorbei war und Jochen wusste nicht, wie es beruflich weiter gehen sollte. Mutter Sabine hatte einen Teilzeitjob als Verkäuferin und verdiente zu wenig, um die Familie ernähren zu können oder gar Weihnachtsgeschenke kaufen zu können.

„Hast Du das Fax an die ARGE geschickt?" fragte sie ihren Mann. „Ja, habe ich." antwortete dieser mit Sorgenfalte auf der Stirn.

„Was hast Du geschrieben?" fragte sie weiter. Jochen holte das Fax und las mit leiser erstickter Stimme vor: „Sehr geehrte Damen und Herren, wir schreiben Ihnen heute, da wir in großer finanzieller Not sind und Sie um Hilfe bitten möchten. Unsere Waschmaschine funktioniert nicht mehr und lässt sich nicht mehr reparieren und wir haben leider kein Geld, um uns eine neue kaufen zu können. Da wir als 5-köpfige Familie viel Schmutzwäsche haben, bitten wir Sie dringend um baldigen Ersatz. Weihnachten steht vor der Tür und wir würden unseren Kindern (11, 8, 2) wenigstens ein kleines Geschenk machen wollen. Es wäre auch schön, wenn wir einen kleinen Weihnachtsbaum hätten, leider reicht auch dafür unser Geld nicht. Ist es möglich, dass Sie uns kurzfristig helfen können? Wir hoffen es sehr. Mit freundlichen Grüßen Familie Schneider"

Sabine nickte traurig und sagte: „Hoffentlich können sie uns helfen..."

In einer mittelgroßen Firma, in der Papier hergestellt wurde, piepste das Fax. Frau Ohlmann die Sekretärin ging zum Gerät und nahm das soeben angekommene Fax heraus und las. „Sehr geehrte Damen und Herren, wir schreiben Ihnen heute…." Frau Ohlmanns Augen schimmerten feucht, als sie die Zeilen las. Sie erkannte, dass dieses Fax an einen anderen Empfänger gehen sollte und wollte es soeben an den Absender zurück schicken mit dem Hinweis auf die falsche Faxnummer, als sie innehielt und es sich anders überlegte. Sie klopfte an das Büro ihres Chefs. Er bat sie herein und fragte nach ihrem Anliegen.

Sie zeigte ihm das Fax und fragte ihn, ob er etwas dagegen hätte, wenn sie bei den Kollegen um Spenden für die Familie bittet. Herr Bartels stimmte zu und Frau Ohlmann ging zur Tür und öffnete sie. „Einen Moment noch!" rief Herr Bartels sie zurück. Er holte seine Geldbörse aus dem Jackett, entnahm 100 Euro und reichte sie Frau Ohlmann. „Hier Frau Ohlmann, ich möchte mit gutem Beispiel voran gehen." Frau Ohlmann strahlte gerührt und bedankte sich herzlich. „Das ist ein sehr guter Anfang Herr Bartels!" Er lächelte zurück und widmete sich dann wieder seiner Arbeit. Frau Ohlmann machte einen Rundgang durch die Firma und erzählte den Kolleginnen und Kollegen von dem Irrläufer-Fax. Sie waren alle berührt und keiner überlegte lange und spendete einen kleinen Beitrag. Es waren noch nicht viele Mitarbeiter im Weihnachtsurlaub und so kam eine stattliche Summe zusammen. Der Chef ließ es sich nicht nehmen und wollte den Umschlag persönlich überbringen. Zusammen mit der Sekretärin und weiteren 4 Kollegen machten sie sich auf den Weg zu Familie Schneider. Die Anschrift stand glücklicherweise auf dem Fax. Als sie unterwegs an einem Stand mit Weihnachtsbäumen vorbeikamen, machten sie halt und kauften eine große prächtige Tanne. Diese wurde mit viel Gelächter und Geschnatter ins Auto bugsiert und dann ging es weiter zu Familie Schneider. Die kleine Delegation war aufgeregt, als sie klingelte. Die Tür wurde geöffnet und Sohn Martin stand ungläubig schauend im Türrahmen. Es musste ein komischer Anblick sein, wie 6 aufgeregte wildfremde Menschen mit einer überdimensionalen Tanne vor der Tür standen und erwartungsvoll schauten.

Martin rief in die Wohnung: „Mama, Papa kommt ihr mal, hier ist jemand…" Vater und Mutter und die beiden Töchter Sarah und Amelie erschienen an der Tür und schauten genauso ungläubig auf die Menschentraube wie Martin. Vater Jochen sagte: „Ja bitte?" Der Chef Herr Bartels ergriff das Wort und sagte: „Sie kennen uns nicht und sind sicher überrascht, dass wir bei Ihnen geklingelt haben." Familie Schneider nickte. „Sie haben doch ein Fax an die ARGE geschickt?" fuhr Herr Bartels fort. Jochen antwortete „Ja" und wunderte sich, dass die ARGE gleich 6 Mitarbeiter vorbeischickte, das war schon sehr merkwürdig. Herr Bartels erklärte, dass das Fax durch einen Zahlendreher in seiner Firma angekommen war und man von dem Geschriebenen sehr berührt war und gerne helfen wollte. Jetzt verstand Familie Schneider, wer die Leute waren und waren sehr berührt von deren Worten und Bemühen. Die Eltern hatten Tränen in den Augen und die Kinder standen mit offenen Mündern daneben.

Herr Bartels sagte: „Wir haben in der Firma gesammelt und haben eine stattliche Summe zusammenbekommen, mit der Sie leicht eine neue Waschmaschine und Weihnachtsgeschenke kaufen können. Und den Baum haben wir gleich mitgebracht, den brauchen Sie nicht mehr zu kaufen. Wir hoffen, dass Sie damit nun auch in Weihnachtsstimmung kommen können und Ihre Alltagssorgen für eine Weile vergessen können." Vater Jochen und Mutter Sabine bedankten sich überschwänglich und strahlten über das ganze Gesicht und die Kinder jubelten.

Es war eine wunderbare Freude, die von allen Anwesenden Besitz ergriffen hatte. Als sich der Vater wieder gefangen hatte, sagte er: „Wir können nicht viel anbieten, aber wir würden uns sehr freuen, wenn Sie auf einen Kaffee hereinkommen." Die Delegation stimmte dankend zu und es wurde ein vergnügter Nachmittag bei Kaffee und Plätzchen – ein bisschen wie ein vorgezogenes Weihnachtsfest.

Als sich die Delegation verabschiedete, sagte Herr Bartels zu Jochen: „Sie können mir gerne Ihre Bewerbungsunterlagen vorbeibringen. Ich bin gerade auf der Suche nach einem Chauffeur, der mich ab und zu fährt und mit Ihrer Erfahrung als Berufskraftfahrer würden Sie gut passen. Was denken Sie?"

Jochen konnte sein Glück nicht fassen und stotterte: „Ja natürlich, gerne!" und schüttelte Herrn Bartels gerührt die Hand.

Als er die Tür geschlossen hatte, umarmte er seine Familie und sagte: „Alles wird gut und frohe Weihnachten!"

****

Liebe deinen Nächsten

Für manche Kinder und Jugendliche war es nicht leicht, in die Schule zu gehen. Sie waren anders als die anderen, nicht, weil sie eine Körperbehinderung hatten oder eine andere Hautfarbe oder anderes, sondern weil deren Eltern nicht so viel Geld wie andere Eltern zur Verfügung hatten.

So erging es tagtäglich Robert, 13 Jahre alt. Seine Mutter war allein erziehend. Er hatte noch zwei jüngere Geschwister – Maria (10 Jahre) und Fabian (5 Jahre), die auch mit ihm bei der Mutter lebten. Mit 3 Kindern hatte Roberts Mutter kaum Chancen, eine gute Vollzeitstelle zu bekommen und so konnte sie nur in Teilzeit ein bisschen was dazu verdienen. Ernähren konnte sie die Familie von dem Geld bei Weitem nicht, so dass sie auf staatliche Unterstützung angewiesen war. Sonderwünsche der Kinder oder gar das Kaufen von Markenkleidung war da nicht möglich.

Robert war in einem Alter, wo Äußerlichkeiten immer wichtiger wurden und wo es zum Cool-Sein dazu gehörte, Marke zu tragen – zumindest an seiner Schule. Alle Mitschüler in seiner Klasse konnten sich dies leisten, nur er nicht. Bekanntlich waren Kinder in ihren Äußerungen manchmal unbedacht und so musste sich Robert öfters abfällige Bemerkungen wegen seiner Kleidung bieten lassen, obwohl er immer ordentlich angezogen war.

Er litt sehr darunter und wurde zum Außenseiter, ohne dass er dies wollte. Besonders verletzend fand er die Tatsache, dass er nur nach seinem Äußeren von seinen Mitschülern beurteilt wurde und keiner sich die Mühe machte, ihn als Mensch kennen zu lernen. Robert konnte mit seiner Mutter nicht darüber reden. Er wusste, dass sie alles versuchte, um ihren Kindern wenigstens ab und zu einen Wunsch erfüllen zu können, aber das Geld einfach nicht ausreichte. Er wollte sie nicht mit seinem Kummer belasten.

Doch in der Weihnachtszeit öffnen sich bei manchen Menschen die Augen und das Herz und so sollte Robert unerwartet ein schönes Erlebnis haben.

Es war Anfang Dezember. Mario, ein Mitschüler von Robert, kam spät nachmittags nach Hause. Kurz darauf traf seine Mutter ein. Sie bereitete das Abendessen vor und begann ein Gespräch mit ihrem Sohn. „Mario, hast du dir überlegt, wie du deinen Geburtstag im Januar feiern möchtest und wen du einladen möchtest?" Mario überlegte kurz und antwortete: „Ja, ich würde ein paar Leute aus meiner Klasse ins Kino einladen. Vorher können wir ja zu Hause was essen. Ich habe da an Laurin, Daniela, Nick, Benjamin, Susann und Madeleine gedacht." Die Mutter erwiderte: „Das geht in Ordnung. Wieso lädst du eigentlich Robert nicht ein, er wohnt doch in der Nähe von uns?" Mario verzog das Gesicht: „Der ist so uncool, hat immer so einfache Klamotten an und redet kein Wort. Der ist komisch." Marios Mutter kannte die Mutter von Robert und wusste, in welcher schwierigen Situation die Familie lebte.

Auf ihrer Stirn erschienen Falten, sie war über die Oberflächlichkeit ihres Sohnes empört. Solche Denkweisen hatte sie Mario ganz sicher nicht vermittelt. Sie selbst lebten in einer guten familiären und finanziellen Situation, aber ihr war auch bewusst, dass dies nicht selbstverständlich war. So antwortete sie in strengen Ton: „Mario, es macht mich betroffen, dass du über Robert so oberflächlich und abwertend denkst. Du weißt, dass er keinen Vater hat, auf den er zählen kann und dass die Familie nur sehr wenig Geld hat. Robert kann es sich nun mal nicht leisten, teure Klamotten zu kaufen, wie ihr sie „cool" findet. Deswegen ist er noch lange nicht „uncool" oder „komisch". Also ein bisschen mehr Toleranz und Verständnis hätte ich schon von dir erwartet. Und es ist kein Wunder, dass Robert sich zurückzieht, wenn ihr ihn wegen der Kleidung abstempelt. Was weißt du eigentlich von Robert als Mensch?" Mario sah seine Mutter, die selten den Ton hob, bestürzt an. So sauer hatte er sie bisher kaum erlebt. Nach dem Abendessen zog sich Mario in sein Zimmer zurück und dachte nach. ´Stimmt, was weiß ich eigentlich von Robert…Nichts. Ich habe keine Ahnung, was er denkt, was er mag oder nicht mag. Und es hat mich auch nicht interessiert….´ Widerwillig musste er insgeheim seiner Mutter recht geben. Das ist ganz schön fies von ihm selbst. Er hatte es auch „übersehen", wenn die anderen Robert gehänselt und ausgegrenzt hatten – eigentlich nur, weil Robert keine Markenklamotten hatte.

Das war schon ein ganz schön blödes Verhalten. Robert konnte ja nichts für seine Familiensituation.... Mario dachte an Weihnachten und die vielen Geschenke und die schöne Feier, die er jedes Jahr in seiner Familie hatte und stellte sich vor, wie es Robert wohl zur Weihnachtszeit gehen würde. Auch wenn es sich Mario im Detail nicht wirklich vorstellen konnte, wurde ihm klar, dass es für Robert wohl eher belastend als freudig sein musste. Mario fasste einen Entschluss.

Am nächsten Morgen am Frühstückstisch schaute er seine Eltern an und sagte: „Ach übrigens, ich möchte zu meinem Geburtstag noch jemanden einladen – nämlich Robert und ich brauche etwas Geld von euch." Marios Eltern schauten ihren Sohn mit großen Augen an und die Mutter grinste dann und sagte: „Kein Problem. Erzähl´ mal, wofür du das Geld brauchst." Mario erzählte, was er sich überlegt hatte und ging dann zur Schule. Auch da redete er mit seinen Mitschülern, außer mit Robert, aber diesmal hatte dies einen guten Grund.

Kurz vor Weihnachten trafen sich die Freunde von Mario bei ihm vor der Haustür und gingen gemeinsam zu Roberts Wohnung. Mario klingelte und Robert öffnete die Tür. Robert glaubte, nicht richtig zu sehen. Ihm wurde ganz heiß, er wurde fast panisch. Was wollten die denn von ihm. Das konnte ja nichts Gutes bedeuten. Er hatte Angst, dass sie ihn jetzt wieder irgendwelche blöden Sprüche um die Ohren schlugen und ihn wieder ärgern wollten.

Robert versuchte, unbeteiligt zu wirken und fragte barsch: „Was wollt ihr?"
Mario sah ziemlich zerknirscht aus und sagte: „Also, ähm, Robert, du
brauchst keine Angst zu haben, wir haben nichts Böses vor. Uns ist klar
geworden, dass wir dich unfair behandelt haben und eigentlich bloß wegen
deiner Klamotten, was ja total bescheuert ist. Wir wissen gar nichts von dir
und haben dich nicht ernst genommen und so…" Mario atmete tief ein und
fuhr fort: „Also wir wollen das wieder gut machen und haben ein vorzeitiges
Weihnachtsgeschenk für dich." Die Freunde von Mario nickten. Mario hielt
Robert einen Umschlag hin und sagte: „Die ganze Klasse hat was dazu
gegeben. Wir hoffen, Du freust dich." Mario schwieg und er und seine
Freunde schauten Robert erwartungsvoll an. Robert griff mechanisch nach
dem Umschlag, ihm fiel fast die Kinnlade nach unten und er war zunächst
sprachlos. Der Frosch im Hals wurde immer größer. Er räusperte sich. Als
er sich einigermaßen gefasst hatte, öffnete er den Umschlag und zum
Vorschein kamen 450,00 EUR. Roberts Augen wurden immer größer: „Aber
wofür ist das denn?!?" fragte er perplex und Mario antwortete: „Wir haben
uns gedacht, dass wir gemeinsam shoppen gehen und du dir mal das
kaufst, was dir gefällt und dir sonst nicht leisten kannst." Und mit einem
Augenzwinkern redete Mario weiter: „…und damit die Klamotten auch cool
sind, kommen wir als Berater mit. Wir werden bestimmt ´ne Menge Spaß
haben. Was hältst Du davon?" Jetzt konnte Robert seine Freude nicht mehr
zurückhalten und strahlte über das ganze Gesicht. „Na klar gehen wir
shoppen, allein kaufe ich womöglich noch die falschen Sachen…"

Mario und seine Freunde grinsten nun ebenfalls und Mario fragte: „Was hältst du von nächsten Montag?" Robert nickte und sagte: „Geht in Ordnung." Mario und seine Freunde verabschiedeten sich und wandten sich zum Gehen.

Da drehte Mario sich noch einmal zu Robert um, der immer noch verblüfft in der Haustür stand, und sagte: „Ach übrigens, Robby, du bist auch ohne Markenklamotte cool...."

Robert grinste und hob die Hand zum Gruß.

****

Jedem sein Tierchen

Es war Anfang November und wie meist an den Samstagen herrschte im Tierheim geschäftiges Treiben. Die fleißigen Mitarbeiter des Heimes waren damit beschäftigt, die Zimmer der Katzen und Hunde zu reinigen und anschließend zu füttern. Einige Tiere benötigten Medikamente, die auch verabreicht werden mussten. Gleichzeitig ratterte im Hintergrund die Waschmaschine, die ständig im Einsatz war. Im Vorzimmer des Heimes spielte sich diesmal noch ein bisschen mehr ab als sonst. Eine junge Frau von Ende Zwanzig, Beate, saß weinend auf dem Stuhl und war nicht zu beruhigen. Vor ihr stand eine Mitarbeiterin des Tierheimes, die vergeblich versuchte, Beate zu trösten. Neben der Mitarbeiterin stand ein Katzenkorb, in dem eine schlanke grau getigerte Katze – Sally – war, die nervös mauzte und am Korb kratzte, da sie heraus wollte. Beate hatte Sally ins Tierheim gebracht, da sie mit ihr nicht mehr zurecht kam. Sally führte sich trotz aller Bemühungen der jungen Frau tatsächlich auf wie ein Raubtier. Sie zerlegte regelmäßig deren Wohnung, das hieß, sie zerriss die Gardinen, zerkratzte die Möbel, obwohl sie Kratzbäume hatte usw. Es war ein Dilemma. Beate hatte sich auch von einem Tier-Profi beraten lassen ohne Erfolg. So hatte sie sich nun schweren Herzens entschieden, die Katze abzugeben, da es für beide keine angenehme Beziehung war.

Da Beate die Katze trotz allem Terror gern hatte, brach es ihr nun fast das Herz, Sally abzugeben. Beate dachte mit Graus an die Weihnachtszeit, die sie dieses Jahr ohne Sally verbringen würde.

Die Mitarbeiterin brachte Beate einen Tee und sagte: „Hier ist ein Tee für Sie. Trinken Sie ihn in Ruhe und dann reden wir noch einmal. Einverstanden?" Beate nickte und nahm die Teetasse in beide Hände und nippte daran. Die Mitarbeiterin nahm den Katzenkorb und brachte ihn hinter ins Katzenhaus, wo schon ein Zimmer auf Sally wartete. In dem Zimmer war aus Platzmangel auch ein älterer schwarzer gemütlicher Kater, Josef, den nichts aus der Ruhe brachte. Die Tierheim-Mitarbeiterin war gespannt und auch etwas angespannt, ob Sally und Josef miteinander auskommen würden. Sie stellte Sally ins Zimmer und öffnete die Tür des Korbes. Die Mitarbeiterin verließ das Zimmer und blieb vor der Scheibe der Tür stehen, um zu schauen, was nun passierte. Sally blieb zunächst verunsichert im Korb hocken und schaute erst einmal heraus, um den Raum zu sondieren. Josef war gerade im Außenbereich, der zum Zimmer gehörte und rekelte sich in der Sonne. Er bekam von dem Zuwachs nichts mit. So glaubte Sally wohl, dass sie allein im Zimmer war und verließ langsam den Korb, um das Zimmer zu erkunden. Am besten gefiel ihr der große Kratzbaum, der mehrere Liegeflächen hatte und sie sprang mit Leichtigkeit zur Liegefläche ganz oben. So hatte sie den Raum gut im Blick.

Sie wollte sich gerade für ein Nickerchen zurechtrücken, als Josef nichtsahnend ins Zimmer Richtung Futternapf spazierte – man konnte schon sagen: schlenderte – um zu fressen. Die Tierheim-Mitarbeiterin hielt unmerklich die Luft an. Jetzt könnte Sally von oben herunterspringen und Josef attackieren. Doch nichts dergleichen geschah. Sally schaute lediglich neugierig von oben herunter und nun registrierte auch Josef, dass er nicht mehr allein war. Da er ein erfahrener in sich ruhender Kater war, brachte ihn die Anwesenheit von Sally nicht aus der Fassung. Er bedachte sie kurz mit einem Blick und widmete sich dann dem Futter. Sally hatte offensichtlich auch Hunger und schien zu überlegen, ob sie herunterkommen und auch mit fressen sollte. Nach einigem Zögern kletterte sie vorsichtig herunter und schlich langsam zum zweiten Futternapf. Josef schaute sie noch einmal kurz an und ließ sie dann links liegen. Sally begann nun auch zu fressen und es sah ganz danach aus, als ob die Vergesellschaftung der beiden geglückt war. Die Mitarbeiterin war zufrieden und erleichtert.

Beate beruhigte sich langsam und putzte sich die Nase, als die Tür aufging und ein Gassi-Geher mit einem kleinen weißen wuscheligen Hund hereinkam. Der Gassi-Geher wollte die kleine Hündin Bianca weiterziehen, um sie im Hundebereich abzugeben, als diese sich jedoch vehement gegenstemmte und zielstrebig zu Beate zog.

Beate fand die Kleine herzallerliebst und hielt ihr die Hand hin, um sie schnuppern zu lassen, was diese auch gleich tat. Bianca schmiegte sich an Beates Beine und wedelte mit dem Schwanz als kannte sie Beate schon lange und hätte sie lange nicht gesehen und nun freute sie sich, sie wiederzusehen. Es war ein rührender Anblick. In dem Moment kam die Tierheim-Mitarbeiterin, die Sally weggebracht hatte, wieder ins Vorzimmer und staunte nicht schlecht, was sie da sah. Sie nahm dem verunsicherten Gassi-Geher die Leine aus der Hand, bedankte sich und gab Beate die Leine in die Hand mit den Worten: „Ich glaube, Bianca kann noch eine kleine Runde vertragen…" und zwinkerte mit den Augen. Beate lächelte und sagte: „Ja, sehr gerne. Sie ist ja so entzückend." Für Bianca schien es das Normalste der Welt zu sein, mit Beate mit zu gehen und so verließen die beiden das Tierheim.

Es sollte nicht der letzte Spaziergang von Beate und Bianca sein. Die beiden Ladies lernten sich kennen und lieben und schon bald stand fest, dass Bianca bei Beate einziehen würde. Sie waren ein Herz und eine Seele und das blieb auch so.

Sally und Josef freundeten sich an und schliefen sogar gemeinsam auf einer Decke. Sally zeigte keinerlei Auffälligkeiten mehr, die beruhigende souveräne Art von Josef tat ihr gut. Auch für die beiden gab es ein paar Wochen später ein Happy End.

Ein älteres Paar, das ein Häuschen mit Garten hatte und viel Zeit und ein großes Herz für Katzen, nahm die beiden auf und alle vier waren offensichtlich glücklich damit.

Wir Menschen meinen oft, dass wir die Tiere auswählen, die in unser Leben kommen, doch wenn wir ehrlich sind, sind es die Tiere, die uns auswählen…..

****

Den Sternen so nah

Ein imposanter LKW fuhr auf dem Rastplatz ein und ein großer dunkelhaariger Mann stieg aus und warf die Fahrertür energisch zu. Trotz der anstrengenden Stunden, die er – Bernd - bereits auf der Autobahn hinter sich gebracht hatte, hatte er noch die Kraft dazu. Denn er war richtig sauer.

Bernd lebte in Sachsen im schönen Erzgebirge und war schon 15 Jahre „Brummifahrer", wie LKW-Fahrer auch liebevoll genannt wurden. Er liebte seinen Beruf und war ein echter Cowboy der Landstraße. Er liebte das Motorengeräusch seines LKW, den er insgeheim Ilse genannt hatte. Ilse war seine Begleiterin, wenn er wegen einer Fahrt nicht bei seiner Frau und seinen Kindern sein konnte. Ilse hatte ein weißes Fahrerhaus mit blinkenden blauen Lichtern und sah echt schmuck aus. Aber Ilse hatte auch ihre Macken und brachte Bernd manchmal zum Fluchen, wenn die Technik mal wieder versagte und Bernd mit viel Einfallsreichtum und Geschick die nicht mehr so junge Dame wieder zum Laufen brachte. So sehr ihn diese Pannen auch aufregten, war er doch immer sehr stolz, wenn er einen Fehler behoben hatte und sich Ilse dann doch wieder auf die Straße schob.

Bernd konnte sich keinen anderen Beruf vorstellen, obwohl seine Arbeit immer schwerer und anstrengender wurde.

Die Spedition, bei der er angestellt war, hatte mehrere LKWs laufen und der Umgangston und der Umgang überhaupt waren in den letzten Jahren immer rauer und unangenehmer geworden. Man spürte, dass die Spedition – wie so viele andere auch – ums Überleben kämpfte und versuchte, konkurrenzfähig zu bleiben. Bei so vielen Speditionen, die es gab, war dies ein täglicher sehr harter Kampf, der den Speditionsinhabern und Fahrern viel abverlangte. Der Zeitdruck war ein ständiger Begleiter der Fahrer und saß ihnen im Nacken. Es durfte nichts dazwischen kommen, um das Zeitlimit überhaupt zu schaffen und doch passierte immer wieder etwas – Stau auf den Autobahnen, Verzögerungen beim Be- und Entladen, Wetterkapriolen, Pannen......Die Speditionsverwaltung nahm jeden Auftrag an, um die Fahrzeuge optimal auszunutzen und um wirtschaftlich arbeiten zu können, doch für die Fahrer war das Auftragslimit im Grunde nicht zu schaffen, da sie die unbeeinflussbaren äußeren Bedingungen nicht ändern konnten und Ruhezeiten einzuhalten waren. Bernd wusste, dass viele Kollegen die Ruhezeiten nicht einhielten, um überhaupt das Fahrtpensum zu schaffen. Manche Fahrer mussten daher so erschöpft und müde sein, dass sie eine tickende Zeitbombe auf den Straßen waren. Bernd hielt sich an die Ruhezeiten, da er nicht dafür verantwortlich sein wollte, wenn er wegen Übermüdung einen Unfall verursachte und dabei Menschen verletzte oder gar ungewollt tötete. Es war möglich, dass ihn diese Einstellung, zu der er sich in den Jahren hart durchgerungen hatte, den Job kostete. Doch er hielt trotz all des Druckes daran fest, denn er wusste, dass es richtig war.

Bernd fragte sich immer wieder, ob es sich noch lohnte, diesen Job zu machen, all die Entbehrungen auf sich zu nehmen. Die einsamen Stunden allein, der Stress im Verkehr, der ständige Zeitdruck, die vielen Weihnachtsfeste ohne seine Familie….

So war es auch in diesem Jahr. Bernd hatte darum gebeten, dass er in diesem Jahr an Weihnachten Urlaub nehmen und bei seiner Familie sein konnte. Doch der Fahrplan hatte ihm doch wieder zwei Fahrten am 24.12. zugewiesen, so dass er auf keinen Fall an diesem Tag zu Hause sein konnte. Und darüber war Bernd so sauer und enttäuscht. Er war gerade auf dem Weg von München nach Berlin und hatte noch zwei Stunden Fahrt vor sich, wenn alles glatt lief und er nicht wieder in einen Stau geriet oder eine Panne hatte. Er hatte sich so darauf gefreut, mit seiner Familie Weihnachten zu feiern – ganz normal, wie es bei anderen Familien üblich war. Er hatte noch die enttäuschten Gesichter seiner Frau und den Kindern vor Augen, als er seine Reisetasche packte. Es tat so weh, dass er es körperlich spüren konnte.

Und nun ging er in die Raststätte, um sich einen Kaffee zu holen. Er machte eine kurze Pause und fuhr dann weiter, um die Fracht pünktlich in Berlin abliefern zu können.

Heute war mal wieder so ein Tag, wo er am liebsten alles hingeschmissen hätte und wo ihm der Preis, den er für diese Arbeit zahlte, als viel zu hoch vorkam. Wie oft hatte er mit seiner Frau darüber geredet.

Doch sie wusste schon lange, dass es nicht nur ein Job war, sondern eine Leidenschaft, die Bernd nicht einfach aufgeben konnte. Und Bernd wusste es auch….

Er kam ohne Probleme in Berlin an und die Entladung ging auch recht zügig vonstatten. Sein Chef hatte ihm mitgeteilt, dass er dann leer nach Gülpe weiter fahren sollte, um dort weitere Fracht abzuholen. Das kam Bernd komisch vor. Das gab es eigentlich noch nie, dass er eine Strecke leer fuhr. Und was war das eigentlich für ein Nest – dieses Gülpe. Hatte er noch nie gehört. Wahrscheinlich fand sein Navi das gar nicht. Wenn alles gut lief, war er in ein und einer dreiviertel Stunde in dem Örtchen. Er sollte dann da übernachten (sicherlich im LKW, da es keine Pension oder so gab in dem kleinen Ort) und am nächsten Tag würde es wieder Richtung Süden gehen. Bernd konnte auch diese Strecke gut hinter sich bringen und sah bald das Hinweisschild „Naturpark Westhavelland", in dem Gülpe lag. Es war später Nachmittag und die Sonne war noch nicht untergegangen. Trotzdem war es hier schon dunkler als woanders. Der Ort hatte etwas Magisches, Mystisches. Am Ortseingang sah er eine Urkunde, in der der Ort als sogenannter Sternenpark ausgewiesen war. `Sternenpark….`, dachte Bernd und musste schmunzeln, `ich wusste gar nicht, dass man auch Sterne transportieren kann….` Er war jetzt wirklich neugierig, welche Fracht er hier abholen sollte. Er erreichte die Anschrift und staunte nicht schlecht, als er vor einem recht kleinen beschaulichen Häuschen stand.

Es war beleuchtet, doch weit und breit war hier keine Firma, wo er hätte etwas abholen können. Er prüfte noch einmal die Zielanschrift. Vielleicht hat er ja das falsche Gülpe im Navi eingegeben. Doch es stimmte alles, er war am richtigen Ziel angekommen. Als Bernd noch darüber nachdachte, ob er seinen Chef anrufen sollte, ging die Haustür des Häuschens auf und drei Personen traten heraus – ein Erwachsener und zwei Kinder. Das konnte er erkennen, aber die Gesichter noch nicht. Die drei kamen gezielt auf ihn zu und Bernd dachte: `Na die wollen jetzt bestimmt wissen, warum ich mit dem LKW vor ihrem Haus stehe….` Doch kaum hatte er den Gedanken zu Ende gedacht, bekam er große Augen und war perplex, als er seine Frau und seine zwei Kinder erkannte. Diese strahlten alle wie die Honigkuchenpferde und umringten ihn, drückten und herzten ihn wie nie zuvor. Bernd konnte es nicht fassen und stammelte herum: „Was macht ihr denn hier, wie seid ihr hierhergekommen…." Die Kinder plapperten aufgeregt auf ihren Vater ein, man verstand nichts, da sie sich gegenseitig ins Wort fielen. Jeder wollte zuerst erzählen. Da schritt die Mutter lachend ein und sagte zu den überdrehten Kids: „Mario, Kathrin – jetzt macht mal eine Pause, der Papa versteht ja kein Wort." So hielten die Kinder den Mund, was ihnen sichtlich schwer fiel und Mama sprach zu Bernd. „Mein Schatz, ich habe eine Nachricht für Dich von Deinem Chef." Und zog grinsend einen Briefumschlag hervor, den Bernd mit zittrigen Händen öffnete und las: „Lieber Bernd, wie Du schon bemerkt hast, war Dein heutiges letztes Fahrtziel ein anderes.

Du bist jetzt offiziell im Weihnachtsurlaub und wirst die Weihnachtstage bis ins neue Jahr zusammen mit Deiner Familie in Gülpe verbringen. Es war die Idee Deiner energischen Frau, die mir sehr gekonnt und charmant diese Urlaubstage abgeschwatzt hat. Doch es war und ist mir ein Vergnügen, Dir diesen Urlaub zu gewähren. Ich danke Dir für Deinen Einsatz und Deine Zuverlässigkeit in all den Jahren und wünsche Dir und Deiner Familie ein paar schöne Tage. Wir sehen uns im neuen Jahr. Grüße Heinrich" Bernd ließ den Brief sinken und hatte Tränen in den Augen. Seine Wut und Enttäuschung vom Morgen waren verflogen und er umarmte seine Familie. Langsam und Arm in Arm gingen sie zum Haus, in dem schon ein geschmückter Weihnachtsbaum und ein köstlich duftender Braten warteten.

Seine Frau sagte: „Dieses Weihnachten schenken wir Dir Millionen von Sternen, denn wir sind an dem Ort in Deutschland, an dem man die Sterne am besten sehen kann – wir sind den Sternen ganz nah……"

****

Das Findelkind

Es war ein Dienstag-Morgen Mitte November 8 Uhr als Markus in einer gemütlichen Wohnsiedlung mit Ein- und Zweifamilienhäusern aus der Tür trat, um auf Arbeit zu fahren. Er stolperte fast über einen Gegenstand. Als er genauer hinsah, glaubte er seinen Augen nicht. Da stand ein Korb mit einem Baby darin. Das Baby schlief friedlich, als ob alles in Ordnung wäre. Markus rief aufgeregt nach seiner Frau Anna, die sich gerade für ihren Arbeitsweg anzog. Auch sie glaubte, nicht richtig zu sehen und meinte: „Das ist ja ein Baby!" und „Wieso steht es hier? Man stellt doch nicht einfach ein Baby ab..." Sie schauten sich um, doch es war niemand zu sehen, dem das Kind gehören könnte. So trugen sie es ins Haus. Bei genauerer Betrachtung entdeckten sie einen Zettel in dem Korb, auf dem stand: `Dies ist meine Tochter Liesa. Sie ist 5 Tage alt. Bitte kümmern sie sich um sie. Ich schaffe es nicht. Ich kann ihr keine gute Mutter sein. Danke.` Anna und Markus schauten sich bestürzt an. „Das ist ein Neugeborenes und es wurde ausgesetzt." sagte Markus leise. Anna nickte nur – mit Tränen in den Augen. „Wir müssen es zu einem Arzt bringen und untersuchen lassen, ob alles in Ordnung ist." sagte Anna und Markus stimmte zu. Der Kinderarzt bestätigte, dass Liesa kerngesund sei. Er sagte, er müsse dem Jugendamt Meldung machen. Anna und Markus nahmen die Kleine vorerst mit nach Hause.

Da sie kinderlos waren, hatten sie keinerlei Utensilien für ein Kind und erst recht nicht für ein Baby. So machte sich Markus auf den Weg, um Babymilch, Windeln und anderes Babyzubehör einzukaufen. Anna blieb bei Liesa und schaute sie gerührt an. `Wie winzig sie doch ist. Wie kann man so einen Engel freiwillig weggeben…` dachte Anna. Es klingelte an der Tür. Als Anna öffnete, stand eine Frau von Mitte Vierzig davor und sagte: „Guten Tag, ich bin Frau Richter vom Jugendamt. Dr. Meier hat mich informiert, dass Sie ein Baby vor der Tür gefunden haben." Anna bestätigte dies und erläuterte kurz das Geschehene. Darauf sagte Frau Richter, dass das Kind ins Heim müsste, bis die Mutter gefunden wäre. Anna schnürte es die Kehle zu. „Das können Sie doch nicht machen. Die Kleine braucht viel Zuwendung und ein richtiges Zuhause. Das hat sie doch nicht im Heim, wo noch viele andere Kinde sind." In dem Moment kam Markus zur Tür herein und Anna erzählte ihm von der Unterhaltung mit Frau Richter. Er war ebenso entsetzt über den Gedanken und sagte zu Frau Richter: "Was halten Sie davon, wenn wir Liesa erst einmal bei uns behalten, bis ihre Mutter gefunden ist – sozusagen als Pflegefamilie? Wir haben sie schon ins Herz geschlossen und würden gerne für sie sorgen." Frau Richter überlegte kurz und stimmte dann zu. Sie sagte: „Sobald die Mutter gefunden ist, müssen Sie sie wieder hergeben, das sollten Sie sich klarmachen." Anna und Markus nickten, obwohl der Gedanke des Abschiedes bereits weit weg war. Sie gewöhnten sich schnell an Liesa und hatten sich regelrecht in den kleinen Engel verliebt.

Da sie wider Willen kinderlos geblieben waren, war dieses Findelkind ein wahrer Segen für sie. Ein Traum wurde wahr. Nach einiger Zeit klingelte das Telefon und Frau Richter sprach zu Anna: „Frau Stark, wir haben die Mutter von Liesa ausfindig machen können. Bitte kommen Sie mit Liesa heute 15 Uhr im Jugendamt vorbei. Wir werden sie dann der Mutter des Kindes zurückgeben." Anna fühlte sich, als ob ihr jemand einen Schlag in den Bauch versetzt hätte. Der Kloß in ihrem Hals wurde immer größer. Sie rief Markus auf Arbeit an und berichtete unter Tränen. Sie hatten den Gedanken weit von sich geschoben und waren nicht bereit, Liesa herzugeben. Doch da sie nicht die leiblichen Eltern waren, hatten sie keinerlei rechtliche Handhabe und begaben sich schweren Herzens zum Jugendamt. Sie fragten sich, wie Liesas Mutter ihre Tat wohl begründen würde. Als sie in das Zimmer traten, saß vor ihnen ein vielleicht 14-jähriges Mädchen – blass und in sich versunken. Als sie Liesa sah, sprang sie auf, streichelte sie und sagte fortwährend: „Es tut mir so leid meine Kleine…" Frau Richter stellte das Mädchen Nadine S. als die Mutter von Liesa vor und sagte, dass diese ihre Tochter gerne wieder haben möchte und ihren Schritt bereute. Anna verlor die Fassung und sagte zu Nadine: „Wie können Sie erst Ihr Kind aussetzen wie einen Gegenstand und dann, wenn´s Ihnen passt, holen Sie es sich einfach wieder – bis es Ihnen wieder einmal zu viel wird, oder?! Wie konnten Sie Liesa das antun?" Nadine begann zu weinen und sagte: „Ich war so verzweifelt, ich wusste nicht mehr, was ich tun sollte. Der Vater von Liesa hat mich im Stich gelassen.

Ich fühlte mich so allein und verlassen und hatte Angst vor der Verantwortung." Markus fragte: „Was ist mit Ihren Eltern, können sie Sie nicht unterstützten?" „Nein, meine Mutter starb, als ich 6 war und mein Vater trinkt und ist meistens nicht ansprechbar. Ich bin auf mich selbst gestellt." Betroffen und wortlos schauten Anna und Markus das Mädchen an. Anna fühlte plötzlich Mitleid mit ihr, die Wut war schlagartig verraucht und Anna dachte `Wir müssen ihr unbedingt helfen.`

Ihr kam eine Idee. Sie flüsterte Markus etwas zu und er nickte zustimmend. Zu Frau Richter gewandt, sagte Anna: „Wir würden Nadine und Liesa gerne bei uns aufnehmen, bis Nadines Vater hoffentlich eine Entziehungskur gemacht hat und sich um seine Tochter und sein Enkelkind kümmern kann. Vielleicht ist Liesa Grund genug für ihn, den Entzug ernsthaft zu versuchen. So könnten Nadine und Liesa Weihnachten bei uns feiern in familiärer Atmosphäre und wären versorgt. Was halten Sie davon?" Frau Richter lächelte: „Ich denke, es spricht nichts dagegen. Dies ist auf jeden Fall besser als ein Heimaufenthalt – gerade an Weihnachten." Sie wandte sich an Nadine: „Bist Du einverstanden?" Die Erleichterung in Nadines Gesicht und das Leuchten in ihren Augen sprachen Bände…..

****

Luftpost

Der erste Advent war vorbei. Der Winter konnte sich dieses Jahr noch nicht so recht entschließen zu bleiben. So war es auch an diesem Tag, dass ein paar Schneeflocken in der Luft herumwirbelten aber nicht liegen blieben, als Otto mit seiner Hündin Laika auf dem Feldweg in der Nähe seines Hauses spazieren ging. Der Wind blies ihm ins Gesicht und seine Wangen schmerzten. Laika eine hübsche italienische Bracke mit braun-weißem Fell scharrte im Feld, sie hatte wohl etwas Spannendes gerochen oder gesehen. Otto amüsierte sich jedes Mal, wenn sie das machte, da ihr beim Scharren die Schlappohren um den Kopf wedelten und sie immer aussah, als hätte ihr jemand die Nase und Schnauze geschminkt, wenn sie den Kopf wieder hob. Sie hatte dann eine dreckverschmierte Schnauze und sah wirklich sehr drollig damit aus. Laika war dies egal, sie war glücklich, wenn sie wühlen konnte und schaute sehr zufrieden mit ihren treuen Hundeaugen in die Welt. Otto hing gerade seinen Gedanken nach, als Laika anschlug und aufgeregt etwas Blaues, was sich im Feld im Wind bewegte, anbellte. Sie war außer sich wegen des komischen Dings, was da im Feld herumhüfte. Otto konnte auf die Entfernung nicht erkennen, was es war und ging darauf zu. Nun sah er, was da so wild herumsprang. Es war ein blauer Luftballon, der nur noch wenig Luft hatte und deswegen nicht mehr fliegen konnte. ´Ach, da hat ein Kind wohl Geburtstag gefeiert und

Ballons fliegen lassen.´ dachte Otto und wollte schon weggehen, als er am Ende des Ballons einen Zettel sah. Otto bückte sich und hob den Zettel auf. Er entfaltete ihn und las ihn. Darauf stand:

Lieber Finder meines Luftballon, mein Name ist Lara Müller und ich bin 7 Jahre alt. Ich lasse diesen Ballon fliegen, weil ich Hilfe brauche. Meine Mama ist sehr krank, mein Papa hat eine neue Familie weit weg und es ist doch bald Weihnachten und ich möchte ihr ein Geschenk kaufen, habe aber kein Geld. Kannst du mir helfen? Ich wohne in der Steinberggasse 7 in Holderding. Danke deine Lara

Otto war sehr bewegt von den Zeilen und las sie noch einmal. ´Was für ein tüchtiges Mädchen´, dachte er und steckte den Zettel ein. Er wusste noch nicht genau wie, aber für ihn stand fest, dass er Lara helfen wollte. Sie wohnte mit ihrer Mama nicht weit weg von ihm und da sollte das doch kein Problem sein. Er rief nach Laika, die mit „geschminkter" Schnauze zu ihm gerannt kam und dann gingen sie nach Hause zu Frauchen Margit. Beim Nachmittagskaffee erzählte Otto seiner Frau von dem Fund und zeigte ihr den Brief. Margit hatte Tränen in den Augen und sagte: „Na, da machen wir was. Ist doch klar." Otto lächelte Margit an und sagte: „Ich wusste, dass du so reagierst." Margit und Otto überlegten hin und her, wie sie helfen konnten und waren sich dann einig. Margit machte sich auf den Weg in den Supermarkt und Baumarkt und Otto telefonierte mit der Nachbarschaftshilfe, die in der Gegend sehr aktiv war und vielen Menschen im Alltag Unterstützung war. Margit kam zurück mit mehreren Tüten voll und einem kleinen Weihnachtsbaum, der gerade so in den kleinen Flitzer passte. Otto stieg zu und dann fuhren sie zu der Adresse auf dem Zettel. Es handelte sich um ein Mehrfamilienhaus und im zweiten Stock wohnte Lara mit ihrer Mutter. Otto klingelte. Margit und er waren sehr aufgeregt, immerhin „überfielen" sie ja eine fremde Frau und wussten nicht, wie sie reagieren würde. Die Tür ging auf und vor ihnen stand ein zartes Mädchen mit dunklen Haaren und braunen Augen und fragte: „Hallo, zu wem wollen Sie?" Margit ergriff das Wort und fragte: „Bist du Lara?" Lara nickte. Und Margit fragte weiter: „Ist deine Mama auch da?" Lara antwortete: „Ja, ich hole sie." Sie ging in das Zimmer am Gang hinten und kam dann mit einer blassen Frau heraus, der es offensichtlich nicht gut ging. Lara sah ihr sehr ähnlich. Die Frau sagte: „Guten Tag, Sie möchten mich sprechen? Worum geht es denn?" Otto und Margit nickten und Otto hob die Hand, in der der blaue Luftballon lag. Laras Mama schaute darauf, aber schien damit nichts anfangen zu können. Doch Lara erkannte den Ballon wieder und war plötzlich ganz aufgeregt: „Oh, Sie haben meinen Ballon gefunden und deswegen sind Sie hier." Laras Mutter schaute ihre Tochter mit fragendem Blick an und bevor sie etwas sagen konnte, sprach Margit: „Es stimmt, mein Mann hat den Ballon auf dem Feld gefunden und wir sind sehr berührt von den Worten ihrer Tochter. Und wenn Sie einverstanden sind Frau Müller, würden wir Ihnen gerne ein wenig helfen in ihrer schwierigen Situation."

Laras Mama wollte Lara eigentlich schimpfen, aber als sie Laras treuherzigen Blick sah, konnte sie es nicht und sagte stattdessen: „Möchten Sie hereinkommen?" Otto und Margit antworteten fast zeitgleich: „Ja, gerne." Otto ergänzte: „Ich komme gleich nach, ich hole noch die Sachen aus dem Wagen, bitte lassen Sie die Tür auf." Laras Mama, ihre jetzt hibbelige Tochter und Margit gingen in die Wohnung und Otto holte die Tüten mit den Lebensmitteln und der Weihnachtsdeko sowie den Baum aus dem Auto. Lara freute sich unbändig, dass ihr Plan funktioniert hatte und Laras Mama war auch sehr angetan von der Aufmerksamkeit der für sie fremden Leute. Otto, Margit, Lara und ihre Mama unterhielten sich lange angeregt und verstanden sich gut. Sie erfuhren Details der Lebenssituation von Lara und ihrer Mutter und Laras Mama war einverstanden, dass die Nachbarschaftshilfe vorbeikommen darf, um zu unterstützen. Und natürlich nahmen Otto und Margit Lara zu den Weihnachtseinkäufen mit in die Stadt, damit Lara ihrer Mama ein Weihnachtsgeschenk kaufen konnte.

Es erwärmte Ottos und Margits Herz, als sie mit Lara nach dem Shoppen noch einen Kakao tranken und Lara aufgeregt und mit roten Wangen von den schönen Geschenken für Mama schwärmte.

Na ja, wie hieß es doch so schön: Geben ist seliger denn nehmen.

****

Die vergessenen Väter

Es war in der Vorweihnachtszeit und eigentlich liebte die 13-jährige Julia diese Zeit sehr – mit all den Lichtern, Weihnachtsliedern, Weihnachtsschmuck und der Vorfreude auf den Weihnachtstag. Doch dieses Jahr konnte sich Julia nicht so recht freuen. Sie war traurig. Sie hatte das Gefühl, in ihrem Leben fehlte etwas und sie konnte es nicht beim Namen nennen. Auch ihre beste Freundin Marlene bemerkte, dass ihre Freundin etwas bedrückte. Sie sagte zu ihr: „Komm Julia, wir machen uns heute einen schönen Abend mit einem schönen Film, dann kommst du auf andere Gedanken." Julia lächelte: „Ok, das können wir bei mir tun, meine Mutter geht heute mit ihrer Bekannten aus." Gesagt, getan. Die Freundinnen machten es sich auf der Couch gemütlich und schauten einen Film. In einer Szene verschwand der Vater eines Kindes, worüber das Kind sehr unglücklich war. Julia versetzte es bei dieser Szene einen regelrechten Stich im Herzen und ein Gedanke nahm Besitz von ihr. `Wieso will mich mein Vater nicht sehen? Wieso bin ich ihm egal?!`

Julia lebte mit ihrer Mutter allein und hatte es aufgegeben, nach ihrem Vater zu fragen, da die Mutter ihr gesagt hatte, dass er kein Interesse an ihr hatte und sein eigenes Leben lebte. Julia sagte zu Marlene: „Warum will mein Vater nichts mit mir zu tun haben? Ich habe ihm doch nichts getan…" Marlene antwortete: „Es wäre gut, wenn du ihn selber fragen könntest."

Julia schaute Marlene erschrocken an und sagte: „Meine Mutter wäre nicht begeistert." Nach einer kurzen Denkpause fuhr Julia fort: „…aber es ist mein Vater und ich habe das recht dazu!" und mit entschlossenem Blick zog sie Marlene von der Couch hoch und sagte: „Komm mit, ich habe eine Idee." Julia wusste von einer Schublade, um die ihre Mutter immer ein großes Geheimnis machte. Als sie sie aufzog, bestätigte sich ihre Vermutung. Sie fand darin Briefe und ein Foto von einem Mann, der ihr ähnlich sah. Die Briefe waren an sie adressiert. Sie nahm den oben liegenden Brief heraus und las ihn. „Meine liebe Julia, heute nun wirst Du bereits 13 Jahre alt und bist schon eine junge Dame. Es ist bestimmt eine aufregende aber auch verwirrende Zeit für Dich. Vielleicht bist Du auch schon in einen Jungen verliebt. Was gäbe ich darum, Dich zu sehen. Ich bin traurig, dass Du mich nicht sehen willst…" Julia hatte der Tränen der Wut in den Augen und ließ den Brief sinken. Zu Marlene gewandt, sagte sie: „Mein Vater schreibt mir seit Jahren Briefe und der letzte kam zu meinem Geburtstag und er denkt, ich möchte ihn nicht sehen…." Marlene nickte betroffen und erwiderte: „Gehe ihn besuchen und rede mit ihm."

Ein paar Tage später machte sich Julia unter einem Vorwand auf den Weg zur Adresse ihres Vaters. Sie klingelte an der Tür und erwartete, was geschehen würde. Sie war wahnsinnig aufgeregt und hatte das Gefühl, ihr Herz sprang ihr gleich aus der Brust, so schnell schlug es. Sie hörte Schritte, die Tür öffnete sich und da stand er – ihr Vater, der sie mit ihren Augen anschaute. Ihr Vater sah sie nur an.

„Julia...." flüsterte er mit Tränen in den Augen. Julia fing sich zuerst, nahm seine Hand und sagte: „Komm Vati, wir haben einiges zu besprechen." Sie schob ihn zur Tür hinein. Zwei Stunden lang erzählten sie sich voneinander und Julia erfuhr, dass ihre Eltern sich trennten, als sie eineinhalb Jahre alt war und dass die Trennung nicht sehr friedlich von Statten ging. Ihr Vater durfte Julia nicht sehen, weil es von Julias Mutter nicht gewollt war und das Gericht der Mutter auch noch Recht gab mit der Begründung, dass der Kontakt zum Vater Julia zu sehr belasten würde. Er erzählte auch, dass er jahrelang darum gekämpft hatte, sie sehen zu dürfen, doch irgendwann die Hoffnung verlor. Julia war sehr aufgebracht über das Verhalten ihrer Mutter. Sie hatte Julia angelogen und ihr den Vater vorenthalten, den sie so oft schmerzlich vermisst hatte. Sie wollte sofort nach Hause gehen und ihre Mutter zur Rede stellen. Doch ihr Vater versuchte, sie zu beruhigen. „Julia, deine Mutter war sehr verletzt, als wir uns trennten und ich habe mich auch nicht immer fair verhalten. Versuche, sie zu verstehen." Als Julia nach Hause ging, war sie glücklich und sauer zugleich. Daheim legte sie ihrer Mutter die Briefe auf den Tisch und fragte: „Wann wolltest du mir die geben?" Julias Mutter schaute sie überrascht und erschrocken an und wurde blass. Bevor sie etwas sagen konnte, sprach Julia aufgebracht weiter: „Wie konntest du mir die Briefe vorenthalten, er ist mein Vater!" Julias Mutter schluckte: „Weißt du, die Trennung war sehr schwer und ich wollte Ruhe in dein und in mein Leben bringen."

„Aber Mutti", widersprach Julia, „ich habe doch keine Ruhe, wenn mir jemand so Wichtiges wie mein Vater fehlt und ich mich andauernd frage, warum er mich nicht lieben kann und mich nicht sehen will! Hast du mal einen Moment daran gedacht, wie es ihm dabei geht?! Ich glaube, du hast hier nur an deinen eigenen Frieden gedacht. Wenn sich Eltern trennen, bleiben sie doch trotzdem Mutter und Vater und keiner von beiden hat das Recht, dem anderen das Kind zu nehmen!" Die Wut in Julia fiel plötzlich in sich zusammen und sie hatte Tränen in den Augen. Julias Mutter schaute ihre Tochter betroffen an und nahm sie in den Arm. „Ach Julia, mein Mädchen..., du hast recht, ich habe zu kurzsichtig gedacht."

Nach einer langen Aussprache, in der die Mutter ihre Sicht der Dinge erklärte, wurde es in diesem Jahr ein ganz besonderes Weihnachten.

Julia durfte den ersten und zweiten Weihnachtsfeiertag bei ihrem Vater feiern und fühlte, wie ihr Vater und sie selbst nun voller Hoffnung und Freude waren und es half Julia, Verständnis für das Verhalten ihrer Mutter aufzubringen.

Julia fühlte sich nun als „Ganzes" – und das war ein tolles Gefühl!

****

Sprache der Leidenschaft

Herr Meyer war von Beruf Gerichtsvollzieher. Er liebte seinen Beruf, aber manchmal machte er ihm keine Freude, da er dabei Menschen begegnete, für deren Lebenssituation er Verständnis hatte und denen er trotzdem von Gesetzes wegen wehtun musste durch seine Maßnahmen. So ein „Fall" war Gustav G., der Mieter in einer Wohnung war und seit einiger Zeit die Miete nicht mehr zahlen konnte. Er war freiberuflicher Pianist und zu Beginn seiner Karriere lief es recht gut. Er hatte genug Aufträge, um damit seinen Lebensunterhalt bestreiten zu können. Er wurde nicht reich, aber hatte sein Auskommen und konnte mit seiner Leidenschaft für die Musik, die seine Berufung war, Geld verdienen. Er war zufrieden. Doch dann wurde er krank und musste einige Zeit pausieren, da er einfach zu schwach war, um sich um Auftritte kümmern oder sie sogar durchzuführen zu können. Er lebte allein und hatte niemanden, der ihm helfen konnte. Zunächst lebte er noch von seinen kleinen Ersparnissen, doch die waren nach kurzer Zeit aufgebraucht. Und nun konnte er seit einem halben Jahr die Miete nicht mehr zahlen und wusste nicht, was er machen sollte. Er fühlte sich nicht wohl mit den Schulden und wurde ständig von Gewissensbissen geplagt. Natürlich hatte der Vermieter das Recht auf die Miete. Gustav hatte sich um eine Lösung bemüht, aber er hatte nicht genügend Auftritte organisieren können und er hatte auch keine Möglichkeit, woandershin zu ziehen. Er schlief kaum noch, da er immer wieder von den Sorgen geweckt wurde und seine Gesundheit litt wegen des Schlafmangels. Er hatte die Räumungsklageschrift gelesen und wusste, dass es nur noch eine Frage der Zeit war, bis er zwangsgeräumt wurde. Einzig das Klavierspiel ließ ihn für Momente seine Sorgen vergessen und er konnte sich in die Welt der Musik flüchten und den Alltag draußen lassen.

Es klingelte an der Tür und Gustav ging schweren Schrittes zur Tür. Er wusste, dass es der Gerichtsvollzieher war. Als er durch den Türspion schaute, stand ein gesetzter Herr im Anzug vor der Tür mit einer Mappe in der Hand und hinter ihm standen ein paar Männer in Arbeitsanzügen, die sicherlich vom Umzugsunternehmen waren. Gustav öffnete die Tür und der Herr im Anzug stellte sich vor. „Guten Tag Herr G., mein Name ist Meyer und ich bin der zuständige Gerichtsvollzieher in diesem Bezirk. Ich bin damit beauftragt, die Räumung für Ihren Vermieter Herrn Tammer durchzuführen." Gustav sagte nichts, nickte nur und ging zurück zu seinem Klavier. Er setzte sich und begann wieder zu spielen. Etwas verdutzt schauten die Männer von der Umzugsfirma den Gerichtsvollzieher an. Der sah, dass von Gustav kein Widerstand kommen würde und bedeutete den Packern, mit ihrer Arbeit zu beginnen. Diese machten sich daran, das wenige Hab und Gut von Gustav in Kisten zu packen und in den Umzugswagen zu bringen. Gustav lebte in bescheidenen Verhältnissen und hatte nicht viel an Ausstattung. Das einzig Wertvolle war das Klavier. Gustav spielte die ganze Zeit ohne Unterbrechung und hielt sich an der Musik fest während dieser absurden und würdelosen Situation. Der Gerichtsvollzieher registrierte als Klassikliebhaber, dass Gustav hervorragend spielte und er war berührt von den Stücken. Er bekam eine Gänsehaut, als Gustav nun „Für Elise" spielte. Es war eines der schönsten und bekanntesten Kompositionen, die jemals kreiert wurden und es war das Lieblingsstück von Herrn Meyer und seiner Frau, welches bei ihrer Hochzeit gespielt wurde. Herr Meyer schaute Gustav zu und war fasziniert von dessen Leidenschaft, mit der er das Stück spielte. Gustav war völlig versunken, neigte sich leicht nach vorn, während er die Tasten berührte und hatte die Augen geschlossen. Die Welt um ihn herum war vergessen. Als die Musik geendet hatte, bekam Herr Meyer die Mitteilung von den Packern, dass alles im LKW verstaut war und man nun das Klavier transportieren musste. Gustav bekam dies mit, hörte auf zu spielen und schaute nun Herrn Meyer an. Gustav machte keine Anstalten aufzustehen und von dem Klavier wegzugehen. Er konnte nicht. Herr Meyer stand da und überlegte. Er wiederum brachte es nicht über das Herz, das Klavier vor den Augen seines Besitzers räumen zu lassen und sagte zu den Männern: „Vielen Dank meine Herren, Sie sind hier für heute fertig. Bitte bringen Sie die Sachen zum Lager wie besprochen. Um das Klavier kümmere ich mich selbst." Die Männer murmelten zustimmend und verließen die Wohnung. Nun war Herr Meyer mit Gustav allein und sagte: „Herr G. Sie haben mich sehr berührt mit Ihrem Spiel. Sie sind ein sehr guter Pianist und ich möchte Ihnen gerne helfen, aus der Situation herauszukommen. Ein Musiker, der so leidenschaftlich spielt wie Sie, gehört auf die Bühne. Sie sind ein Gewinn für jeden Zuhörer." Gustav konnte nicht glauben, was er da hörte und schaute den Gerichtsvollzieher überrascht an. Dieser sprach weiter: „Ich möchte Ihnen folgenden Vorschlag unterbreiten. Ich habe eine kleine Eigentumswohnung, die ich vermiete und die gerade frei geworden ist. Wir bringen Ihr Klavier da hin und natürlich Ihren Hausrat und da können Sie wohnen, bis Sie wissen, wie es weitergeht. Ich habe einen guten Freund, der sich mit klassischer Musik auskennt und regelmäßig Konzerte organisiert und ich bin mir sicher, dass er Ihnen helfen kann und wird, Auftritte zu bekommen. Was denken Sie?" Gustav hatte Tränen in den Augen und sagte: „Ich weiß gar nicht, was ich sagen soll. Natürlich bin ich damit einverstanden. Vielen Dank! Sie werden es nicht bereuen." Gustav nahm die Hand von Herrn Meyer und drückte sie fest. Herr Meyer lächelte und sagte: „Nun kommen Sie Herr G., ich zeige Ihnen die Wohnung und dann schauen wir, dass Ihr Flügel schnellstmöglich zu Ihnen kommt, nicht wahr? Sie gehören doch zusammen." Gustav nickte und dann verließen sie gemeinsam die Wohnung. Sie wirkte jetzt riesengroß, da keine Möbel mehr darin standen. Nur in der Mitte des Raumes stand ein schwarzes glänzendes Klavier – majestätisch und wunderschön.

****

Der Mann mit dem Hut

Es war der Weihnachtstag kurz vor 16:00 Uhr. Ein paar einzelne Menschen hetzten durch die wenigen noch offenen Geschäfte, um das eine oder andere Verlegenheitsgeschenk zu kaufen. Auch Herr W. fuhr noch einmal mit der Straßenbahn zum Einkaufszentrum, um zu verhindern, dass er vor seiner Frau am Weihnachtsabend mit leeren Händen stand. Durch den Alltagsstress war ihm völlig entfallen, sich Gedanken über ein Geschenk zu machen bzw. es auch tatsächlich zu kaufen. Herr W. hatte dies nun nachgeholt und saß nun an der Straßenbahnhaltestelle und wartete auf die Tram, die ihn nach Hause zum liebevoll gedeckten Kaffeetisch bringen sollte.

Fast unscheinbar saß am anderen Ende der Haltestelle ein Mann schätzungsweise mittleren Alters mit einem zerschlissenen Mantel und einem Hut, den er tief in die Stirn gezogen hatte. Er wirkte schon eher wie ein Penner, doch dem Mantel sah man an, dass dieser einst nicht billig gewesen war. Der Mann mit dem Hut hatte markante Gesichtszüge, wenn auch etwas ungepflegt. Er wirkte teilnahmslos und in sich gekehrt, doch bei näherer Betrachtung sah man einen wachen Blick auf das Geschehen um sich herum. Herr W. fühlte sich von dem Mann auf unerklärliche Weise angezogen und wollte gerne mehr über ihn erfahren. Er rückte näher und grüßte den Mann. Der Mann mit dem Hut murmelte etwas zurück, machte aber keine Anstalten, ein Gespräch zu beginnen. Herr W. wagte einen weiteren Vorstoß. „Waren Sie auch noch einkaufen?" Der Mann schaute ihn nun direkt und abschätzend an und antwortete: „Nee, dafür hab ich kein Geld und ich brauch auch nichts." Herr W. ließ nicht locker: „Warten Sie auch auf die Tram? Wohin fahren Sie?" Der Mann mit dem Hut knurrte: „Nein, ich warte nicht auf die Tram, dies ist sozusagen mein Zuhause…" Herr W. schluckte. Der Eindruck, den er von dem Mann hatte, bestätigte sich. Der Mann hatte zwei Tüten bei sich, die wohl sein einziges Hab und Gut beinhalteten und die er überall mit hin nehmen konnte. Herr W. fragte weiter: „Ist es nicht etwas zu kalt für Sie hier draußen? Wo schlafen Sie im Winter?" Der Mann schaute Herrn W. wieder an und meinte: „Sie wollen sich wohl unbedingt mit mir unterhalten?" Herr W. nickte leicht errötend. Dem Mann mit dem Hut huschte ein leichtes Lächeln über das Gesicht und er redete weiter. „Wenn ich keinen Unterschlupf finde im Bahnhof oder so schlafe ich im Obdachlosenheim. Aber da ist es so überfüllt und laut und manche von den Typen da sind echt nervig. Daher schlafe ich lieber irgendwo draußen – allein. Ist aber nicht ganz ungefährlich wegen mancher Leute, die solche wie mich bedrohen und ist vor allem schwierig im Winter – ist halt zu kalt…" Herr W. schaute ihn an – betroffen und sprachlos. Als er nach einer gefühlten Ewigkeit seine Sprache wiedergefunden hatte, fragte er weiter. „Sie waren doch bestimmt nicht immer auf der Straße, wie kam es dazu?" Herr W. wusste nicht, ob er mit dieser Frage den Bogen überspannt hatte und hielt unmerklich die Luft an in der Erwartung, dass er von seinem Gegenüber eine Abfuhr bekam.

Der Mann mit dem Hut zündete sich mit langsamen Bewegungen eine zerknitterte Zigarette an, nahm einen tiefen Zug und antwortete: „Ich war tatsächlich mal ein erfolgreicher Geschäftsmann. Ich hatte eine gut gehende Anwaltskanzlei mit Schwerpunkt Wirtschaftsberatung. Ich zählte große zahlungskräftige Mandanten zu meinem Klientel. Ich hatte einen Partner, der die Kanzlei mit mir führte. Es lief fantastisch. Wir gewannen wichtige Gerichtsverfahren, begleiteten Firmenübernahmen usw. Ich fühlte mich unbesiegbar und glaubte, die Welt kaufen zu können. Der Rubel rollte natürlich und ich liebte den Luxus. Ich glaube, ich war der eitelste und ignoranteste Mensch auf der ganzen Welt. Meine Mitmenschen interessierten mich nur insoweit, wie sie für meine Ziele wichtig waren." Er stockte und schien nachzudenken. Herr W. getraute sich nicht, etwas zu sagen und hoffte, dass der Mann weiter sprach, was dieser auch tat, nachdem er tief eingeatmet hatte. „Eines Tages hatte ich einen schweren Verkehrsunfall, den ich auf Grund von Trunkenheit verursachte. Dabei verletzte ich einen anderen Menschen schwer und war selbst über ein Jahr in ärztlicher Behandlung und in Reha. In dieser Zeit hatte ich nicht nur die rechtlichen Konsequenzen zu tragen, sondern verlor alles, was mir bis dahin wichtig war. Mein Partner delegierte mich durch Intrigen aus der Kanzlei. Ich war ja kein vorzeigbarer erfolgreicher taffer Anwalt mehr, sondern ein Häufchen Elend mit einem desolaten Gesundheitszustand. Meine Freundin fand mich auch ziemlich peinlich und hatte wohl keine Lust, ihr Spaßleben nach meinen Wehwehchen auszurichten. Sie wurde die Neue von meinem Ex-Partner.

Ich habe seit dem Unfall ein steifes Bein und bin auch sonst nicht mehr richtig fit und belastbar. Dies spürte ich dann auch bei meinem vergeblichen Versuch, als Anwalt wieder Fuß zu fassen. Als angestellter Anwalt muss man heutzutage ein Arbeitstier und ziemlich skrupellos sein, um in der ach so tollen Welt der meist männlichen Anwälte überhaupt ernst genommen zu werden. Dieses Pensum schaffe ich nicht mehr und für die Selbständigkeit fehlen mir auch die Kraft und der Wille. Dies ist nicht mehr meine Welt. Geld habe ich auch keines mehr. Ich lebte über meine Verhältnisse und musste dem Unfallgeschädigten einen hohen Schadenersatz zahlen." Der Mann mit dem Hut verstummte. Herrn W. war der Rest der Geschichte klar. Der Mann konnte irgendwann die Wohnung nicht mehr bezahlen. Ohne Wohnsitz gibt es keine Arbeit, ohne Arbeit kein Geld… - Spirale nach unten. Und nun saß er da mit Mantel und Hut und zwei Tüten mit dem Rest seines Lebens.

Beide schwiegen eine Weile. Dann sagte Herr W.: „Kann ich irgendetwas für Sie tun? Es ist doch Weihnachten…" Der Mann mit dem Hut erwiderte: „Sie haben doch schon etwas für mich getan. Sie haben mich als Mensch wahrgenommen und mir zugehört. Das ist ein besseres Geschenk als jedes andere, was man mit Geld kaufen kann."

Die Tram fuhr ein, Herr W. erhob sich, kramte in der Tasche und reichte dem Mann mit dem Hut einen Zehn-Euro-Schein. „Für eine Schachtel Zigaretten und einen Kaffee."

Der Mann mit dem Hut lächelte leicht und bedankte sich mit den Worten: „Das ist ein gutes Weihnachtsgeschenk." Herr W. gab ihm die Hand und sagte: „Ich wünsche Ihnen trotz allem frohe Weihnachten und passen Sie gut auf sich auf." Der Mann mit dem Hut nickte und schaute Herrn W. hinterher, als die Tram losfuhr.

Für Herrn W. war es dieses Jahr ein anderes Weihnachtsfest. Der Mann mit dem Hut war ein Teil davon. Herrn W. wurde durch das Gespräch mit ihm klar, dass es generell aber insbesondere an Weihnachten nicht um Materielles ging, sondern um Menschlichkeit und Nähe und er schämte sich dafür, dass er seiner Frau so ein herzloses und unpersönliches Geschenk gekauft hatte....

****

Der Krankenhaus-Clown

Es war Ende November und alle Welt war damit beschäftigt, Weihnachtsgeschenke zu kaufen, über die Gestaltung des Weihnachtsurlaubs nachzudenken und auch schon darüber, welchen Braten man wohl dieses Jahr am Heiligen Abend auftischen wollte. Die weihnachtliche Vorfreude schlich sich langsam aber stetig in den beruflichen und privaten Alltag der Menschen. Es fehlte nur noch der Schnee, der dieses Jahr auf sich warten ließ.

Es gab aber auch Familien, die nicht so voller Freude und Zuversicht auf das Weihnachtsfest und den kommenden Jahreswechsel schauen konnten, weil große Ängste und Sorgen sie beschäftigten. So eine Familie war Familie Klein. Die Familie hatte eine Tochter, Emilia, die vier Jahre alt war. Emilia befand sich seit über einem Jahr in einer Klinik für Krebspatienten, sie hatte Leukämie. Der Arzt hatte den Eltern bereits mitgeteilt, dass Emilia auch dieses Weihnachten nicht zu Hause feiern konnte, da ihr Zustand nicht stabil genug war und der Arzt Infektionen befürchtete. Da die medizinische Betreuung ihrer Tochter wichtiger als alles andere war, akzeptierten Emilias Eltern und ihr Bruder Paul, wenn auch schweren Herzens, diese Entscheidung.

Emilia hatte vor ein paar Wochen eine zweite Knochenmarktransplantation erhalten, nachdem die erste leider nicht den gewünschten Erfolg und die Familie in Verzweiflung gebracht hatte. Familie Klein hatte sehr schwere Zeiten hinter sich, in denen sie ständig zwischen Hoffen und Bangen schwebte. Dieser Zustand war für alle Beteiligten sehr schwer auszuhalten. Die Gedanken: `Würde die zweite Transplantation nun erfolgreich sein, schafft es Emilia oder verlieren wir sie…` gingen den Familienmitgliedern durch den Kopf. Dass die Situation für die Eltern unerträglich war, konnte sich jeder vorstellen. Aber auch das Leben des Bruders war sehr belastet, da er stets im Schatten der Krankheit seiner Schwester stand.

Trotz dieser bedrückten Stimmung versuchte Familie Klein ihren Alltag so normal wie möglich zu gestalten und Emilia Hoffnung und gute Stimmung zu vermitteln. Bei den Besuchen in der Klinik lachten sie viel mit Emilia. Und wenn die Kraft zum Aufmuntern mal nicht ausreichte, gab es glücklicherweise den weiblichen Krankenhaus-Clown Franzi, der die Kinder zum Lachen brachte.

Franzi, die eigentlich Franziska hieß, war eine junge Studentin, die diese Tätigkeit neben ihrem anstrengenden Studium ausübte – unentgeltlich und aus Überzeugung und Nächstenliebe. Eine Fernsehdokumentation über das Leiden vieler an Krebs erkrankter Kinder hatte sie so bewegt und erschüttert, dass sie beschlossen hatte, als Clown Freuden in die geplagten Kinderherzen zu bringen und ihnen wenigstens für kurze Zeit Trost und Erleichterung zu verschaffen.

Sie hatte mittlerweile gelernt, ihre wahren Gefühle der Betroffenheit über den Zustand der Kinder zu verbergen und nach außen hin fröhlich zu wirken. Und es war tatsächlich so, dass diese gegebene Freude auch in Franzis Herz zurückkehrte. Auch heute ging Franzi in die Klinik und besuchte die Kinder – so auch Emilia. Als Franzi die Tür des Krankenzimmers öffnete und keck ihren Kopf mit der knallroten Lockenperücke ins Zimmer steckte, erblickte sie Emilia, die versunken in ihrem Bett lag. Es war ein trauriger Anblick, wie das kleine schmächtige Mädchen mit dem blassen Gesicht da lag und mit traurigen Augen in die Welt sah. Der Kopf war fast kahl, da die schönen blonden Haare durch die Chemotherapie ausgefallen waren. Nur ein paar Stoppeln kämpften sich aus der Kopfhaut, quasi nach dem Motto: wir geben nicht auf. Als Emilia Franzi sah, wurde sie lebhaft, richtete sich im Bett auf und grinste und rief: „Hallo Franzi!" Franzi grinste mit dem geschminkten roten Mund breit zurück und antwortete: „Hallo Emilia, meine Prinzessin, wie geht es dir heute?" Beide wussten, dass keiner die Wahrheit sagen oder hören wollte, sondern dass dies ein Fragespiel war, das immer nach dem gleichen Muster ablief. So antwortete Emilia: „Danke liebe Franzi, mir geht es sehr gut! Und wie geht es dir?" Und Franzi erwiderte: „Ach Emilia, schlechten Clowns geht es immer gut!" Daraufhin begann Emilia zu kichern und hielt sich ihre kleine Hand vor den Mund. Nun spielte Franzi wie immer wie ein Profi ihre Rolle, erzählte kleine Geschichten über Missgeschicke, die dem Clown Franzi mal wieder wiederfahren waren und untermalte alles mit wilden Gesten und einer sehr bewegten Gesichtsmimik.

Allein Franzis Anblick war voller Lebensfreude und Optimismus. Sie hatte eine glitzernde Hose an, die ihr viel zu groß war und deswegen von genauso großen roten Hosenträgern gehalten wurde. Die Hose und das viel zu kleine Jäckchen waren gelb und hatten viele bunte Punkte in allen möglichen Farben. Auf dem Kopf befand sich die knallrote Perücke mit so vielen Locken, dass man sie nicht zählen konnte. Um den Hals hatte Franzi eine Fliege in leuchtendem Blau, die immer schief saß und sich um den Hals drehte, wenn Franzi sich bewegte. Das sah wirklich witzig aus, so dass man als Zuschauer schon deswegen lachen musste. Franzi führte auch kleine Kunststückchen vor, zauberte Blumen hervor und jonglierte mit Bällen, was Emilia besonders toll fand. Vor Vergnügen klatschte sie in die Hände.

Gerade, als Emilia lauthals lachte, so sehr, dass ihr schmaler Körper bebte, ging die Tür auf und Emilias Eltern kamen mit strahlenden Gesichtern herein. Franzi erkannte sofort, dass heute etwas anders – etwas besser war. Sie wollte gerade das Zimmer verlassen, um den Eltern Platz zu machen, als die Mutter von Emilia sagte: „Nein, Franzi, bleiben Sie bitte. Sie haben auch ein Recht auf diese Nachricht." So blieb Franzi und sie und Emilia schauten erwartungsvoll zu den Eltern. Die Mutter wollte mit Sprechen beginnen, musste aber gleich wieder abbrechen, da ihr die Tränen kamen und die Stimme versagte. Im ersten Moment erschrak Emilia, doch dann bemerkte sie, dass die Mutter Tränen der Freude weinte. So ergriff der Vater das Wort, der auch sehr mit seiner Fassung rang.

„Emilia wir haben gerade mit dem Arzt gesprochen. Er hat uns die neuesten Blutwerte gezeigt und erklärt." Der Vater schniefte und sprach nach einer kurzen Pause weiter: „Dein Körper hat das neue Rückenmark angenommen, du hast jetzt sehr gute Chancen, wieder vollkommen gesund zu werden…" Jetzt liefen auch dem Vater die Tränen der Rührung und Freude über die Wangen. Emilia lächelte das schönste Lächeln ihres bisherigen Lebens. Sie brauchte nicht zu reden, ihr Blick sprach Bände. Sie strahlte so, dass man glauben konnte, dass sie all die schlimmen Monate gar nicht erlebt hatte. Heute war sie das glücklichste Kind der ganzen Welt. Die Eltern umarmten Emilia und hielten sie ganz fest.

Franzi schluckte immer wieder den dicken Kloß hinunter, der ihr in der Kehle saß und strahlte dann auch von einem Ohr zum anderen. Sie warf noch einen Blick zu der kleinen nun glücklichen Familie, die sich gerade in ihrer ganz eigenen Welt befand. Sie verließ das Zimmer und als sie den Gang entlang zum nächsten Krankenzimmer ging, machte sie einen Luftsprung und schlug die Beine dabei zusammen. Was war das doch heute für ein herrlicher Tag!

Draußen begann der Schnee leise zu rieseln und die Kirchenglocken läuteten hell und klar.

****

Der himmlische Geiger

Es war Mitte Dezember in München und Monika war spät dran und auf dem Weg zur Arbeit. Sie war gerade mit der Tram am Ostbahnhof angekommen und hetzte zur   U-Bahn als sie im U-Bahn-Gang zarte Geigenmusik hörte. Monika verlangsamte ihren Schritt und versuchte herauszufinden, woher die Musik kam. Sie ging weiter und sah dann den Mann, der ganz versunken Geige spielte und dabei die Augen geschlossen hatte. Monika liebte Straßenmusik und blieb meist eine Weile stehen, wenn irgendwo jemand spielte. So auch jetzt. Sie stellte sich nicht unmittelbar vor ihn, um ihn nicht abzulenken, sondern stellte sich ein paar Meter weg schräg von ihm. Monika musterte den Musiker. Der junge Mann sah eigentlich aus wie ein Profi, der mal eben von der großen Bühne in den U-Bahn-Bereich gegangen war, um da noch ein wenig zu spielen. Er hatte eine schicke schwarze Anzughose und ein leuchtend weißes Hemd an dazu passende Lederschuhe und hatte mittellange dunkelblonde Haare, die etwas wild vom Kopf abstanden. Monika musste zugeben, dass er nicht nur ein „Ohrschmaus" war sondern auch eine Augenweide. Der Geigenkasten lag offen vor ihm und ein paar einzelne Münzen lagen darin. `Viel zu wenig für so ein fantastisches Spiel´, dachte Monika und ärgerte sich über den offensichtlichen Geiz oder die Unaufmerksamkeit der Leute. Der U-Bahn-Gang war sehr belebt, aber außer ihr blieb kein anderer stehen, um der Musik zu lauschen.

Auch das konnte Monika nicht verstehen. Als sie gerade darüber nachdachte, ob der junge Mann eine Wette einlösen musste oder so etwas, begann dieser plötzlich eines ihrer liebsten Stücke zu spielen. Für sie war es eines der schönsten Melodien, die jemals komponiert wurden. Selbst Menschen, die keine klassische Musik mögen, kannten wohl dieses weltberühmte Stück – das Ave Maria. Monika konnte es immer anhören, aber gerade in der Weihnachtszeit war es ein absolutes Muss.

Der junge Mann spielte mit solch einer Zartheit und so viel Gefühl wie es vielleicht nur wenige Musiker konnten. Er schien mit der Geige verschmolzen zu sein und machte den Eindruck, als ob er in seiner eigenen Welt war und das Geschehen um sich herum völlig vergessen hatte. Bereits beim ersten Ton erkannte Monika das Stück und bekam eine Gänsehaut. Auch sie war nun völlig gefangen in der Musik und dem berührenden Anblick des Musikers und genoss jede einzelne Note. Zeitweise schloss sie die Augen und gab sich völlig der Musik hin, ihre Umgebung völlig vergessend. Sie dachte es jedes Mal, wenn sie das Stück hörte: ´Es war eine wahrhaft himmlische Komposition…´

Der Geiger verstummte nun und es sah so aus, als ob nicht nur Monika sondern auch er erst einmal Zeit brauchten, um in die Realität und die Gegenwart zurück zu finden. Es fühlte sich an, als ob Monika sehr angenehm geruht hätte und nun wachte sie auf und musste sich orientieren, was um sie herum passierte.

Jetzt standen auch mehr Leute neben ihr, die der Musik gelauscht hatten. Dieses Stück zog viele Menschen in seinen Bann.

Schöner und berührender hätte ein Konzert nicht sein können und Monika wäre sich kleinlich vorgekommen, wenn sie dem Geiger jetzt nur eine Münze in den Geigenkasten geworfen hätte. Sie nahm einen 20-Euro-Schein aus der Geldbörse, ging zu dem Künstler, beugte sich vor und legte den Schein in den Kasten. Der junge Mann schaute sie überrascht an, lächelte und bedankte sich für das Geld. Monika lächelte zurück und bedankte sich für diesen wunderschönen Moment.

Konnte ein Tag schöner beginnen?

Monika war an diesem Tag ganz besonders beschwingt und jeder Kollege, jede Kollegin, der bzw. die nicht schnell genug weglief, bekam von Monika diese Episode erzählt und war einen Moment lang mit dabei, als der himmlische Geiger ein himmlisches Stück spielte.

****

Niemand sollte allein sein

Rosa (11 Jahre) und Felix (8 Jahre) freuten sich auf das neue Haus, in das sie in ein paar Tagen mit ihren Eltern einziehen werden. Es befand sich in einer ruhigen Gegend mit viel Grün und einigen schönen Spielplätzen in der Nähe. Weihnachten würden sie im neuen Haus feiern. Als dann der Tag des Einzugs gekommen war, trugen Rosa und Felix voller Stolz ihr Hab und Gut in das Haus in ihr eigenes Zimmer, was jeder bekommen hatte. „Mal sehn, wer im Nachbarhaus wohnt", sagte Rosa zu Felix, „vielleicht wohnt da auch eine Familie mit Kindern, dann können wir mit ihnen spielen." Felix antwortete: „Also bisher habe ich da noch keinen gesehen."

Die Tage vergingen und Rosa, Felix und ihre Eltern hatten sich schon gut im neuen Haus eingelebt. Sie hatten immer noch niemanden aus dem Nachbarhaus getroffen. Felix sagte zu Rosa: „Komm wir klingeln mal, es muss doch jemand da sein." „Au ja", erwiderte Rosa, „los wir gehen." Sie klingelten – keine Reaktion. Nach dem zweiten Mal Klingeln wurde der Vorhang zur Seite geschoben und eine ältere Frau mit grauen Locken schaute aus dem Fenster. Kurz danach öffnete sie die Tür und fragte erstaunt: „Ja, was wollt ihr?" „Hallo", sagte Rosa, „wir sind die Kinder vom Nachbarhaus, ich heiße Rosa und das ist mein Bruder Felix. Wir wollen wissen, wer unsere Nachbarn sind."

„Leben Sie allein in dem großen Haus?" fragte Felix neugierig. Die ältere Frau schaute traurig. „Ja, ich lebe hier allein." Sie überlegte kurz, dann sprach sie weiter: „Wollt ihr nicht auf einen Kakao hereinkommen?" Rosa und Felix nickten und gingen mit ins Haus. Während sie Kakao zubereitete, sprach die ältere Frau: „Ihr könnt Agnes zu mir sagen. Ja, ich lebe allein. Mein Mann ist vor 8 Jahren gestorben. Bis vor einem halben Jahr hatte ich wenigstens noch Dux, meinen Dackel, aber der ist auch gestorben. Er war auch schon alt. Er hatte sein Leben gelebt und ich glaube, er hatte ein gutes Leben." Sie sah weg mit Tränen in den Augen. Rosa und Felix schauten sich betreten an und Rosa fragte: „Warum holen Sie sich keinen neuen Hund?" und Agnes erwiderte: „Es tut mir immer noch weh, dass Dux weg ist, ich möchte mein Herz nicht wieder an ein Tier hängen. Irgendwann verliere ich es wieder und dieser Verlust tut sehr weh. Das möchte ich nicht mehr." Damit war das Thema für sie beendet. Die Kinder und Agnes unterhielten sich noch ein bisschen über andere Dinge und dann gingen Rosa und Felix nach Hause. Agnes hatte der Besuch der Kinder gut getan und sie winkte ihnen hinterher.

Rosa und Felix waren sehr nachdenklich nach dem Gespräch mit Agnes. „Sie ist echt ganz allein", sagte Felix, „das ist doch total traurig." Rosa nickte und meinte: "Was macht Agnes denn an Weihnachten – es ist bestimmt schlimm für sie, allein zu sein…" Nun nickte Felix zustimmend. Die Kinder konnten sich Weihnachten ohne Familie nicht vorstellen.

Es machte immer einen riesigen Spaß mit Mama, Papa, Oma, Opa und manchmal noch mit Onkel und Tante Weihnachten zu feiern. Rosa und Felix schauten sich an und wussten auch ohne Worte, was sie nun zu tun hatten. Als erstes mussten sie mit Mama und Papa reden....

Nun war der 24. Dezember – der Weihnachtstag, dem alle entgegengefiebert hatten. Vormittags herrschte bei Rosas und Felix` Familie geschäftiges Treiben. Die letzten Vorbereitungen für das Fest wurden erledigt. Inzwischen hatte auch Agnes eine Kerze angezündet und schaute sich Weihnachtssendungen im Fernsehen an. Nachmittags klingelte es an ihrer Tür. Völlig verwundert öffnete Agnes und schaute in die strahlenden Kindergesichter von Rosa und Felix. „Wir möchten dich fragen, ob du heute mit uns Weihnachten verbringen möchtest. Du bist doch allein und unsere Großeltern können dieses Jahr nicht zu uns kommen." plapperte Rosa. Agnes suchte nach Worten. Mit Tränen der Rührung in den Augen antwortete sie: „Aber ich kann euch doch an Weihnachten nicht stören und ich habe auch gar keine Geschenke für euch…" „Du störst gar nicht und Geschenke brauchst du uns auch keine zu geben, die bringt doch der Weihnachtsmann." zerstreute Felix Agnes Einwände. Da lächelte sie und meinte: „Na, wenn das so ist, habe ich wohl keine Ausreden mehr…"

Es wurde ein sehr harmonisches Beisammensein gekrönt durch die Bescherung Punkt 7 Uhr am Abend.

Der Weihnachtsmann(onkel) kam selbst vorbei und verteilte die Geschenke – natürlich erst, wenn man etwas aufgesagt oder gesungen hatte. Mit tiefer Stimme sprach nun der Weihnachtsmann: „Und jetzt habe ich das Geschenk für Agnes." Erschrocken schaute Agnes in die Runde, nie im Leben hatte sie mit einem Geschenk gerechnet. Der Weihnachtsmann ging aus dem Zimmer und kam mit einem Körbchen wieder. Darin lag zusammengerollt und schlafend ein Dackel-Welpe, den das Treiben um ihn herum überhaupt nicht beeindruckte. Nun konnte Agnes ihre Tränen nicht mehr zurückhalten. Schluchzend sagte sie: "Das ist ja ein süßer kleiner Matz, aber ich wollte doch keinen Hund mehr...." Rosa, Felix und die Eltern hielten fast die Luft an. Der Weihnachtsmann schaute Agnes gutmütig an und sagte: „Dieser kleine Kerl hat kein Zuhause. Seine Mutter hat ihn und weitere fünf Junge im Tierheim bekommen und es ist kein Platz mehr für so viele Hunde im Heim. Du tust nicht nur dir einen Gefallen, wenn du ihn nimmst, sondern auch dem Tierheim." Aufgeregt zappelten Rosa und Felix herum und Felix hielt die Spannung nicht mehr aus und fragte: „Agnes nimmst du den Dackel?" Alle Augenpaare waren auf sie gerichtet. „Ja, wenn er kein Zuhause hat, muss man ihm doch eines geben, nicht wahr?! Und ich habe ja genug Platz und Zeit." Liebevoll schaute Agnes dabei das kleine braune Fellbündel im Körbchen an. Erleichterung machte sich bei allen breit.

„Du wirst es nicht bereuen," sagte die Mutter von Rosa und Felix, „niemand sollte allein sein." Und als ob der kleine Dackel zustimmen wollte, schmatzte und grunzte er in diesem Moment im Schlaf und alle mussten lachen.

****

Frohe Weihnachten und alles Gute im neuen Jahr!

****